Henri VI (

William Shakespeare

(Translator: François Guizot)

Alpha Editions

This edition published in 2023

ISBN : 9789357931168

Design and Setting By
Alpha Editions
www.alphaedis.com
Email - info@alphaedis.com

Contents

ACTE PREMIER

SCÈNE I

A Londres, dans la salle du parlement.

Tambours. Quelques soldats du parti de York se précipitent dans la salle; entrent ensuite LE DUC D'YORK, ÉDOUARD, RICHARD, NORFOLK, MONTAIGU, WARWICK *et autres, avec des roses blanches à leurs chapeaux.*

WARWICK.--Je ne conçois pas comment le roi nous est échappé.

YORK.--Tandis que nous poursuivions la cavalerie du Nord, il s'est évadé adroitement, abandonnant son infanterie; et cependant le grand Northumberland, dont l'oreille guerrière ne put jamais souffrir le son de la retraite, animait encore son armée découragée: et lui-même avec les lords Clifford et Stafford, tous unis et de front, ont chargé notre corps de bataille, mais en l'enfonçant ils ont péri sous l'épée de nos soldats.

ÉDOUARD.--Le père de lord Stafford, le duc de Buckingham, est ou tué ou dangereusement blessé, j'ai fendu son casque d'un coup vigoureux; cela est vrai, mon père, voilà son sang.

(Montrant son épée sanglante.)

MONTAIGU, *montrant la sienne.*--Et voilà, mon frère, celui du comte de Wiltshire, que j'ai joint dès le commencement de la mêlée.

RICHARD, *jetant sur le théâtre la tête de Somerset.*--Et toi, parle pour moi, et dis ce que j'ai fait.

YORK.--Richard a surpassé tous mes autres enfants! C'est à lui que je dois le plus. Quoi, Votre Grâce, vous êtes mort? lord de Somerset!

NORFOLK.--Puisse toute la postérité de Jean de Gaunt avoir pareille espérance!

RICHARD.--J'espère abattre de même la tête du roi Henri!

WARWICK.--Je l'espère aussi. Victorieux prince d'York, je jure par le ciel de ne point fermer les yeux que je ne t'aie vu assis sur le trône qu'usurpe aujourd'hui la maison de Lancastre. Voici le palais de ce roi timide; voilà son trône royal. Possède-le, York; car il est à toi, et non pas aux héritiers de Henri.

YORK.--Seconde-moi donc, cher Warwick, et j'en vais prendre possession; car nous ne sommes entrés ici que par la force.

NORFOLK.--Nous vous seconderons tous.--Périsse le premier qui recule!

YORK.--Je vous remercie, noble Norfolk!--Ne vous éloignez point, milords.--Et vous, soldats, demeurez, et passez ici la nuit.

WARWICK.--Quand le roi paraîtra, ne lui faites aucune violence, à moins qu'il n'essaye de vous chasser par la force.

(Les soldats se retirent.)

YORK.--La reine doit tenir ici aujourd'hui son parlement: elle ne s'attend guère à nous voir de son conseil: par les paroles ou par les coups, il faut ici même faire reconnaître nos droits.

RICHARD.--Occupons, armés comme nous le sommes, l'intérieur du palais.

WARWICK.--Ce parlement s'appellera le parlement de sang, à moins que Plantagenet, duc d'York, ne soit roi; et ce timide Henri, dont la lâcheté nous a rendus le jouet de nos ennemis, sera déposé.

YORK.--Ne me quittez donc pas, milords. De la résolution, et je prétends prendre possession de mes droits.

WARWICK.--Ni le roi, ni son plus zélé partisan, ni le plus fier de tous ceux qui tiennent pour la maison de Lancastre, n'osera plus battre de l'aile aussitôt que Warwick agitera ses sonnettes [1]. Je veux planter ici Plantagenet; l'en déracine qui l'osera.--Prends ton parti, Richard: revendique la couronne d'Angleterre.

Note 1: (retour) *If Warwick shake his bells.*

Allusion aux sonnettes que portaient à la patte les faucons dressés pour la chasse.

(Warwick conduit au trône York, qui s'y assied.)

(Fanfares. Entrent le roi Henri, Clifford, Northumberland, Westmoreland, Exeter et autres, avec des roses rouges à leurs chapeaux.)

LE ROI.--Voyez, milords, où s'est assis cet audacieux rebelle; sur le trône de l'État! Sans doute qu'appuyé des forces de Warwick, ce perfide pair, il ose aspirer à la couronne, et prétend régner en souverain.--Comte de Northumberland, il a tué ton père; et le tien aussi, lord Clifford; et vous avez fait voeu de venger leur mort sur lui, sur ses enfants, ses favoris et ses partisans.

NORTHUMBERLAND.--Et si je ne l'exécute pas, ciel, que ta vengeance tombe sur moi!

CLIFFORD.--C'est dans cet espoir que Clifford porte son deuil en acier.

WESTMORELAND.--Eh quoi! souffrirons-nous cela?--Jetons-le à bas: mon coeur est bouillant de colère; je n'y puis tenir.

LE ROI.--De la patience, cher comte de Westmoreland.

CLIFFORD.--La patience est pour les poltrons, pour ses pareils: il n'aurait pas osé s'y asseoir, si votre père eût été vivant.--Mon gracieux seigneur, ici, dans le parlement, laissez-nous fondre sur la maison d'York.

NORTHUMBERLAND.--C'est bien dit, cousin: qu'il en soit fait ainsi.

LE ROI.--Eh! ne savez-vous pas que le peuple est pour eux, et qu'ils ont derrière eux une bande de soldats!

EXETER.--Le duc d'York tué, ils fuiront bientôt.

LE ROI.--Loin du coeur de Henri la pensée de faire du parlement une boucherie!--Cousin Exeter, la sévérité du maintien, les paroles, les menaces sont les seules armes que Henri veuille employer contre eux. (*Ils s'avancent vers le duc d'York.*) Séditieux duc d'York, descends de mon trône; et tombe à mes pieds, pour implorer ma clémence et ta grâce; je suis ton souverain.

YORK.--Tu te trompes; c'est moi qui suis le tien.

EXETER.--Si tu as quelque honte, descends, c'est lui qui t'a fait duc d'York.

YORK.--C'était mon patrimoine, tout aussi bien que le titre de comte [2].

Note 2: (retour) *As the earldom was.*

Probablement le titre de comte des Marches, comme héritier du comte des Marches, de qui il tenait son droit à la couronne.

EXETER.--Ton père fut un traître à la couronne.

WARWICK.--C'est toi, Exeter, qui es un traître à la couronne, en suivant cet usurpateur Henri.

CLIFFORD.--Qui doit-il suivre que son roi légitime?

WARWICK.--Sans doute, Clifford: qu'il suive donc Richard, duc d'York.

LE ROI.--Et resterai-je debout, tandis que toi tu seras assis sur mon trône?

YORK.--Il le faut bien, et cela sera: prends-en ton parti.

WARWICK.--Sois duc de Lancastre, et laisse-le être roi.

WESTMORELAND.--Henri est duc de Lancastre et roi, et le lord de Westmoreland est là pour le soutenir.

WARWICK.--Et Warwick pour le contredire.--Vous oubliez, je le vois, que nous vous avons chassés du champ de bataille, que nous avons tué vos pères, et marché enseignes déployées, au travers de Londres, jusqu'aux portes du palais.

NORTHUMBERLAND.--Je m'en souviens, Warwick, à ma grande douleur; et, par son âme, toi et ta maison, vous vous en repentirez.

WESTMORELAND.--Plantagenet, et toi et tes enfants, et tes parents et tes amis, vous me payerez plus de vies qu'il n'y avait de gouttes de sang dans les veines de mon père.

CLIFFORD.--Ne m'en parle pas davantage, Warwick, de peur qu'au lieu de paroles, je ne t'envoie un messager qui vengera sa mort avant que je sorte d'ici.

WARWICK.--Pauvre Clifford! Combien je méprise ses impuissantes menaces!

YORK.--Voulez-vous que nous établissions ici nos droits à la couronne? Autrement nos épées les soutiendront sur le champ de bataille.

LE ROI.--Quel titre as-tu, traître, à la couronne? Ton père était, ainsi que toi, duc d'York ³; ton aïeul était Roger Mortimer, comte des Marches. Je suis le fils de Henri V, qui soumit le dauphin et les Français, et conquit leurs villes et leurs provinces.

Note 3: (retour) Richard, duc d'York, était fils du comte de Cambridge, et neveu seulement du duc d'York.

WARWICK.--Ne parle point de la France, toi qui l'as perdue tout entière.

LE ROI.--C'est le lord protecteur qui l'a perdue, et non pas moi. Lorsque je fus couronné, je n'avais que neuf mois.

RICHARD.--Vous êtes assez âgé maintenant, et cependant il me semble que vous continuez à perdre. Mon père, arrachez la couronne de la tête de l'usurpateur.

ÉDOUARD.--Arrachez-la, mon bon père, mettez-la sur votre tête.

MONTAIGU, *au duc d'York*.--Mon frère, si tu aimes et honores le courage guerrier, décidons le fait par un combat au lieu de demeurer ici à nous disputer.

RICHARD.--Faites résonner les tambours et les trompettes, le roi va fuir.

YORK.--Taisez-vous, mes enfants.

LE ROI.--Tais-toi toi-même, et laisse parler le roi Henri.

WARWICK.--Plantagenet parlera le premier.--Lords, écoutez-le, et demeurez attentifs et en silence; car quiconque l'interrompra, c'est fait de sa vie.

LE ROI.--Espères-tu que j'abandonnerai ainsi mon trône royal, où se sont assis mon aïeul et mon père? Non, auparavant la guerre dépeuplera ce royaume. Oui, et ces étendards si souvent déployés dans la France, et qui le sont aujourd'hui dans l'Angleterre, au grand chagrin de notre coeur, me serviront de drap funéraire.--Pourquoi faiblissez-vous, milords? Mon titre est bon, et beaucoup meilleur que le sien.

WARWICK.--Prouve-le, Henri, et tu seras roi.

LE ROI.--Mon aïeul Henri IV a conquis la couronne.

YORK.--Par une révolte contre son roi.

LE ROI.--Je ne sais que répondre: mon titre est défectueux. Répondez-moi, un roi ne peut-il se choisir un héritier?

YORK.--Que s'ensuit-il?

LE ROI.--S'il le peut, je suis roi légitime; car Richard, en présence d'un grand nombre de lords, résigna sa couronne à Henri IV, dont mon père fut l'héritier comme je suis le sien.

YORK.--Il se révolta contre Richard son souverain, et l'obligea par force à lui résigner la couronne.

WARWICK.--Et supposez, milords, qu'il l'eût fait volontairement, pensez-vous que cela pût nuire aux droits héréditaires de la couronne?

EXETER.--Non, il ne pouvait résigner sa couronne que sauf le droit de l'héritier présomptif à succéder et à régner.

LE ROI.--Es-tu contre nous, duc d'Exeter?

EXETER.--Le droit est pour lui. Veuillez donc me pardonner.

YORK.--Pourquoi parlez-vous bas, milords, au lieu de répondre?

EXETER.--Ma conscience me dit qu'il est roi légitime.

LE ROI.--Tous vont m'abandonner et passer de son côté.

NORTHUMBERLAND.--Plantagenet, quelles que soient tes prétentions, ne pense pas que Henri puisse être déposé ainsi.

WARWICK.--Il sera déposé en dépit de vous tous.

NORTHUMBERLAND.--Tu te trompes. Ce n'est pas, malgré la présomption qu'elle t'inspire, la puissance que te donnent dans le midi tes comtés d'Essex, de Suffolk, de Norfolk et de Kent, qui peut élever le duc au trône malgré moi.

CLIFFORD.--Roi Henri, que ton titre soit légitime ou défectueux, lord Clifford jure de combattre pour ta défense. Puisse s'entr'ouvrir et m'engloutir tout vivant le sol où je fléchirai le genou devant celui qui a tué mon père!

LE ROI.--O Clifford! combien tes paroles raniment mon coeur!

YORK.--Henri de Lancastre, cède-moi ta couronne. Que murmurez-vous, lords, ou que concertez-vous ensemble?

WARWICK.--Rendez justice au royal duc d'York, ou je vais remplir cette salle de soldats armés, et, sur ce trône où il est assis, écrire son titre avec le sang de l'usurpateur.

(Il frappe du pied, et les soldats se montrent.)

LE ROI.--Milord de Warwick, écoutez seulement un mot.--Laissez-moi régner tant que je vivrai.

YORK.--Assure la couronne à moi et à mes enfants, et tu régneras en paix le reste de tes jours.

LE ROI.--Je suis satisfait. Richard Plantagenet, jouis du royaume après ma mort.

CLIFFORD.--Quel tort cela fera au prince votre fils!

WARWICK.--Quel bien pour l'Angleterre et pour lui-même!

WESTMORELAND.--Vil, faible et lâche Henri!

CLIFFORD.--Quel tort tu te fais à toi-même, et à nous aussi!

WESTMORELAND.--Je ne puis rester pour entendre ces conditions.

NORTHUMBERLAND.--Ni moi.

CLIFFORD.--Venez, cousin; allons porter ces nouvelles à la reine.

WESTMORELAND.--Adieu, roi sans courage et dégénéré; ton sang glacé ne renferme pas une étincelle d'honneur.

NORTHUMBERLAND.--Deviens la proie de la maison d'York, et meurs dans les chaînes pour cette indigne action.

CLIFFORD.--Puisses-tu périr vaincu dans une guerre terrible, ou finir tranquillement dans l'abandon et le mépris!

(Sortent Northumberland, Clifford et Westmoreland.)

WARWICK.--Tourne-toi par ici, Henri, ne fais pas attention à eux.

EXETER.--Ce qu'ils veulent, c'est la vengeance: voilà pourquoi ils ne cèdent pas.

LE ROI.--Ah! Exeter!

WARWICK.--Pourquoi ce soupir, mon prince?

LE ROI.--Ce n'est pas pour moi que je gémis, lord Warwick: c'est pour mon fils que je déshérite en père dénaturé; mais qu'il en soit ce qui pourra. Je te substitue ici la couronne à toi et à tes héritiers à perpétuité, à condition que tu feras serment ici d'éteindre cette guerre civile, et de me respecter, tant que je vivrai, comme ton roi et ton souverain, et de ne jamais chercher, par aucune trahison ni violence, à me renverser du trône et à régner toi-même.

YORK.--Je fais volontiers ce serment, et je l'accomplirai.

(Il descend du trône.)

WARWICK.--Vive le roi Henri!--Plantagenet, embrasse-le.

LE ROI.--Puisses-tu vivre longtemps, ainsi que tes bouillants enfants!

YORK.--De ce moment, York et Lancastre sont réconciliés.

EXETER.--Maudit soit celui qui cherchera à les rendre ennemis! (Morceau de musique; les lords s'avancent.)

YORK.--Adieu, mon gracieux seigneur: je vais me rendre dans mon château.

WARWICK.--Et moi, je vais garder Londres avec mes soldats.

NORFOLK.--Moi, je retourne à Norfolk avec les miens.

MONTAIGU.--Moi, sur la mer, d'où je suis venu.

(Sortent York et ses fils, Warwick, Norfolk et Montaigu, les soldats et la suite.)

LE ROI.--Et moi, rempli de tristesse et de douleur, je vais regagner mon palais.

EXETER.--Voici la reine, ses regards décèlent sa colère: je veux me dérober à sa présence.

LE ROI.--Et moi aussi, cher Exeter. (Il veut sortir.)

MARGUERITE.--Ne t'éloigne pas de moi, je te suivrai.

LE ROI.--Sois patiente, chère reine, et je resterai.

MARGUERITE.--Et qui peut être patiente dans de pareilles extrémités?-- Ah! malheureux que tu es! plût au ciel que je fusse morte fille, que je ne t'eusse jamais vu, que je ne t'eusse pas donné un fils, puisque tu devais être un père si dénaturé! A-t-il mérité d'être dépouillé des droits de sa naissance? Ah! si tu l'avais aimé seulement la moitié autant que je l'aime, ou qu'il t'eût fait souffrir ce que j'ai souffert une fois pour lui, que tu l'eusses nourri, comme moi, de ton sang, tu aurais ici versé le plus précieux sang de ton coeur, plutôt que de faire ce sauvage duc ton héritier, et de déshériter ton propre fils.

LE JEUNE PRINCE.--Mon père, vous ne pouvez pas me déshériter: si vous êtes roi, pourquoi ne vous succéderais-je pas?

LE ROI.--Pardonne-moi, Marguerite.--Pardonne-moi, cher enfant: le comte de Warwick et le duc m'y ont forcé.

MARGUERITE.--T'y ont forcé! Tu es roi, et l'on t'a forcé! Je rougis de t'entendre parler. Ah! malheureux lâche! tu nous as tous perdus, toi, ton fils et moi; tu t'es rendu tellement dépendant de la maison d'York, que tu ne régneras plus qu'avec sa permission. Qu'as-tu fait en transmettant la couronne à lui et à ses héritiers? tu as creusé toi-même ton tombeau, et tu t'y traîneras longtemps avant ton heure naturelle. Warwick est chancelier de l'État, et maître de Calais. Le sévère Faulconbridge commande le détroit. Le duc est fait protecteur du royaume, et tu crois être en sûreté! C'est la sûreté de l'agneau tremblant, quand il est au milieu des loups. Si j'eusse été là, moi, qui ne suis qu'une simple femme, leurs soldats m'auraient ballottée sur leurs lances avant que j'eusse consenti à un pareil acte. Mais tu préfères ta vie à ton honneur; et puisqu'il en est ainsi, je me sépare, Henri, de ta table et de ton lit, jusqu'à ce que je voie révoquer cet acte du parlement qui déshérite mon fils. Les lords du nord, qui ont abandonné tes drapeaux, suivront les miens dès qu'ils les verront déployés; et ils se déploieront, à ta grande honte, et pour la ruine entière de la maison d'York: c'est ainsi que je te quitte.--Viens, mon fils. Notre armée est prête: suis-moi, nous allons la joindre.

LE ROI.--Arrête, chère Marguerite, et écoute-moi.

MARGUERITE.--Tu n'as déjà que trop parlé, laisse-moi.

LE ROI.--Mon cher fils Édouard, tu resteras avec moi.

MARGUERITE.--Oui, pour être égorgé par ses ennemis!

LE JEUNE PRINCE.--Quand je reviendrai vainqueur du champ de bataille, je reverrai Votre Grâce. Jusque-là je vais avec elle.

MARGUERITE.--Viens, mon fils; partons, nous n'avons pas de moments à perdre.

(La reine et le prince sortent.)

LE ROI.--- Pauvre reine! Comme sa tendresse pour moi et pour son fils l'a poussée à s'emporter aux expressions de la fureur! Puisse-t-elle être vengée de ce duc orgueilleux, dont l'esprit hautain va sur les ailes du désir tourner autour de ma couronne, et, comme un aigle affamé, se nourrir de la chair de mon fils et de la mienne.--La désertion de ces trois lords tourmente mon

âme. Je veux leur écrire, et tâcher de les apaiser par de bonnes paroles.--
Venez, cousin; vous vous chargerez du message.

EXETER.--Et j'espère les ramener tous à vous.

(Ils sortent.)

SCÈNE II

Un appartement dans le château de Sandal près de Wakefield, dans la
province d'York.

Les fils du duc d'York, RICHARD, ÉDOUARD, *paraissent avec* MONTAIGU.

RICHARD.--Mon frère, quoique je sois le plus jeune, permettez-moi de
parler....

ÉDOUARD.--Non: je serai meilleur orateur que toi.

MONTAIGU.--Mais j'ai des raisons fortes et entraînantes.

(Entre York.)

YORK.--Quoi! qu'y a-t-il donc? Mes enfants, mon frère, vous voilà en
dispute? Quelle est votre querelle? comment a-t-elle commencé?

ÉDOUARD.--Ce n'est point une querelle, c'est un léger débat.

YORK.--Sur quoi?

RICHARD.--Sur un point qui intéresse Votre Grâce et nous aussi; sur la
couronne d'Angleterre, mon père, qui vous appartient.

YORK.--A moi, mon fils? Non pas tant que Henri vivra.

RICHARD.--Votre droit ne dépend point de sa vie ou de sa mort.

ÉDOUARD.--Vous en êtes l'héritier dès à présent: jouissez donc de votre
héritage. Si vous donnez à la maison de Lancastre le temps de respirer, à la
fin elle vous devancera, mon père.

YORK.--Je me suis engagé, par serment, à le laisser régner en paix.

ÉDOUARD.--On peut violer son serment pour un royaume. J'en violerais
mille, moi, pour régner un an.

RICHARD.--Non. Que le ciel préserve Votre Grâce de devenir parjure!

YORK.--Je le serai, si j'emploie la guerre ouverte.

RICHARD.--Je vous prouverai le contraire, si vous voulez m'écouter.

YORK.--Tu ne le prouveras pas, mon fils; cela est impossible.

RICHARD.--Un serment est nul dès qu'il n'est pas fait devant un vrai et légitime magistrat, qui ait autorité sur celui qui jure. Henri n'en avait aucune, son titre était usurpé; et puisque c'est lui qui vous a fait jurer de renoncer à vos droits, votre serment, milord, est vain et frivole. Ainsi, aux armes! et songez seulement, mon père, combien c'est une douce chose que de porter une couronne. Son cercle enferme tout le bonheur de l'Élysée, et tout ce que les poëtes ont imaginé de jouissances et de félicités. Pourquoi tardons-nous si longtemps? Je n'aurai point de repos que je ne voie la rose blanche que je porte, teinte du sang tiède tiré du coeur de Henri.

YORK.--Richard, il suffit: je veux régner ou mourir. Mon frère, pars pour Londres à l'instant, et anime Warwick à cette entreprise.--Toi, Richard, va trouver le duc de Norfolk, et instruis-le secrètement de nos intentions.-- Vous, Édouard, vous vous rendrez auprès de milord Cobham, qui s'armera de bon coeur avec tout le comté de Kent: c'est sur les gens de Kent que je compte le plus; car ils sont avisés, courtois, généreux et pleins d'ardeur.-- Tandis que vous agirez ainsi, que me restera-t-il à faire que de chercher l'occasion de prendre les armes, sans que le roi ni personne de la maison de Lancastre pénètre mes desseins? (*Entre un messager.*) Mais, arrêtez donc.-- Quelles nouvelles? Pourquoi arrives-tu si précipitamment?

LE MESSAGER.--La reine, soutenue des comtes et des barons du nord, se prépare à vous assiéger ici dans votre château. Elle est tout près d'ici à la tête de vingt mille hommes: songez donc, milord, à fortifier votre château.

YORK.--Oui, avec mon épée. Quoi! penses-tu qu'ils nous fassent peur?-- Édouard, et vous, Richard, vous resterez près de moi.--Mon frère Montaigu va se rendre à Londres, pour avertir le noble Warwick, Cobham et nos autres amis, que nous avons laissés à titre de protecteurs auprès du roi, d'employer toute leur habileté à fortifier leur pouvoir, et de ne plus se lier au faible Henri et à ses serments.

MONTAIGU.--Mon frère, je pars. Je les déciderai, n'en doutez pas; et je prends humblement congé de vous.

(Il sort.)

(Entrent sir John et sir Hugues Mortimer.)

YORK.--Mes oncles sir John et sir Hugues Mortimer, vous arrivez bien à propos à Sandal: l'armée de la reine se propose de nous y assiéger.

SIR JEAN.--Elle n'en aura pas besoin: nous irons la joindre dans la plaine.

YORK.--Quoi! avec cinq mille hommes?

RICHARD.--Oui, mon père; et avec cinq cents, s'il le faut. Leur général est une femme! Qu'avons-nous à craindre?

(Une marche dans l'éloignement.)

ÉDOUARD.--J'entends déjà leurs tambours: rangeons nos gens et sortons à l'instant pour aller leur offrir le combat.

YORK.--Cinq hommes contre vingt!--Malgré cette énorme inégalité, cher oncle, je ne doute pas de notre victoire. J'ai gagné en France plus d'une bataille où les ennemis étaient dix contre un. Pourquoi n'aurais-je pas aujourd'hui le même succès?

(Une alarme, ils sortent.)

SCÈNE III

Plaine près du château de Sandal.

Alarme; excursions. Entrent RUTLAND *et son* GOUVERNEUR.

RUTLAND.--Ah! où fuirai-je? Où me sauverai-je de leurs mains? Ah! mon gouverneur, voyez, le sanguinaire Clifford vient à nous.

(Entrent Clifford et des soldats.)

CLIFFORD.--Fuis, chapelain; ton état de prêtre te sauve la vie.--Mais pour le rejeton de ce maudit duc, dont le père a tué mon père, il mourra.

LE GOUVERNEUR.--Et moi, milord, je lui tiendrai compagnie.

CLIFFORD.--Soldats, emmenez-le.

LE GOUVERNEUR.--Ah! Clifford, ne l'assassine pas, de peur que tu ne sois haï de Dieu et des hommes.

(Les soldats l'entraînent de force. L'enfant reste pâmé de frayeur.)

CLIFFORD.--Allons.--Quoi! est-il déjà mort? ou est-ce la peur qui lui fait ainsi fermer les yeux?--Oh! je vais te les faire ouvrir.

RUTLAND.--C'est ainsi que le lion affamé regarde le malheureux qui tremble sous ses griffes avides, c'est ainsi qu'il se promène insultant à sa proie, et c'est ainsi qu'il s'approche pour déchirer ses membres.--Ah! bon Clifford, tue-moi avec ton épée, mais non pas avec ce regard cruel et menaçant. Bon Clifford, écoute-moi avant que je meure: je suis trop peu de chose pour être l'objet de ta colère: venge-toi sur des hommes, et laisse-moi vivre.

CLIFFORD.--Tu parles en vain, pauvre enfant. Le sang de mon père a fermé le passage par où tes paroles pourraient pénétrer.

RUTLAND.--Eh bien! c'est au sang de mon père à le rouvrir: c'est un homme, Clifford, mesure-toi avec lui.

CLIFFORD.--Eussé-je ici tous tes frères, leur vie et la tienne ne suffiraient pas pour assouvir ma vengeance. Non, quand je creuserais encore les tombeaux de tes pères, et que j'aurais pendu à des chaînes leurs cercueils pourris, ma fureur n'en serait pas ralentie, ni mon coeur soulagé. La vue de tout ce qui appartient à la maison d'York est une furie qui tourmente mon âme; et jusqu'à ce que j'aie extirpé leur race maudite, sans en laisser un seul au monde, je vis en enfer.--Ainsi donc....

(Levant le bras.)

RUTLAND.--Oh! laisse-moi prier un moment avant de recevoir la mort!--Ah! c'est toi que je prie, bon Clifford; aie pitié de moi.

CLIFFORD.--Toute la pitié que peut t'accorder la pointe de mon épée.

RUTLAND.--Jamais je ne t'ai fait aucun mal, pourquoi veux-tu me tuer?

CLIFFORD.--Ton père m'a fait du mal.

RUTLAND.--Mais avant que je fusse né.--Tu as un fils, Clifford; pour l'amour de lui, aie pitié de moi, de crainte qu'en vengeance de ma mort, comme Dieu est juste, il ne soit aussi misérablement égorgé que moi. Ah! laisse-moi passer ma vie en prison; et à la première offense, tu pourras me faire mourir; mais à présent tu n'en as aucun motif.

CLIFFORD.--Aucun motif? ton père a tué mon père: c'est pourquoi, meurs.

(Il le poignarde.)

RUTLAND.--*Dii faciant, laudis summa sit ista tuæ* [4].

(Il meurt.)

Note 4: (retour) Hall dit seulement que le jeune Rutland, alors âgé tout au plus de douze ans, ayant été trouvé par Clifford, dans une maison où il s'était caché, se jeta à ses pieds, et implora sa miséricorde, en levant vers lui ses mains jointes, *car la frayeur lui avait ôté la parole*. Le jeune comte de Rutland avait alors, non pas douze ans, mais dix-sept.

CLIFFORD.--Plantagenet! Plantagenet! j'arrive; et ce sang de ton fils, attaché à mon épée va s'y rouiller jusqu'à ce que ton sang figé avec celui-ci me détermine à les en faire disparaître tous deux.

(Il sort.)

SCÈNE IV

Alarme. Entre YORK.

YORK.--L'armée de la reine a vaincu; mes deux oncles ont été tués en défendant ma vie, et tous mes partisans tournent le dos à l'ennemi acharné, et fuient comme les vaisseaux devant les vents, ou comme des agneaux que poursuivent des loups affamés.--Mes fils!... Dieu sait ce qu'ils sont devenus. Mais je sais bien que, vivants ou morts, ils se sont comportés en homme nés pour la gloire. Trois fois Richard s'est ouvert un passage jusqu'à moi, en me criant: *Courage! mon père, combattons jusqu'à la fin.* Et trois fois aussi Édouard m'a joint, son épée toute rouge, teinte jusqu'à la garde du sang de ceux qui l'avaient combattu, et lorsque les plus intrépides guerriers se retiraient, Richard criait: *Chargez, ne lâchez pas un pied de terrain*; il criait encore: *Une couronne ou un glorieux tombeau! un sceptre, ou un sépulcre en ce monde!* C'est alors que nous avons chargé de nouveau: mais, hélas! nous avons encore reculé;-- comme j'ai vu un cygne s'efforcer inutilement de nager contre le courant, et s'épuiser à combattre les flots qui le maîtrisaient.--Mais qu'entends-je! (*Courte alarme derrière le théâtre.*) Écoutons! nos terribles vainqueurs continuent la poursuite; et je suis trop affaibli, et je ne peux fuir leur fureur; et eussé-je encore toutes mes forces, je ne leur échapperais pas. Le sable qui mesurait ma vie a été compté: il faut rester ici; c'est ici que ma vie doit finir. (*Entrent la reine Marguerite, Clifford, Northumberland, soldats.*) Viens, sanguinaire Clifford.-- Farouche Northumberland! me voilà pour servir de but à vos coups; je les attends de pied ferme.

NORTHUMBERLAND.--Rends-toi à notre merci, orgueilleux Plantagenet.

CLIFFORD.--Oui, et tu auras merci tout juste comme ton bras sans pitié l'a faite à mon père. Enfin Phaéton est tombé de son char, et le soir est arrivé à l'heure de midi.

YORK.--De mes cendres comme de celles du phénix peut sortir l'oiseau qui me vengera sur vous tous. Dans cet espoir, je lève les yeux vers le ciel, et je brave tous les maux que vous pourrez me faire subir. Eh bien! que n'avancez-vous? Quoi! vous êtes une multitude et vous avez peur!

CLIFFORD.--C'est ainsi que les lâches commencent à combattre, quand ils ne peuvent plus fuir: ainsi la colombe attaque de son bec les serres du faucon qui la déchire: ainsi les voleurs sans ressource, et désespérant de leur vie, accablent le prévôt de leurs invectives.

YORK.--O Clifford, recueille-toi un moment, et dans ta pensée rappelle ma vie entière; et alors, si tu le peux, regarde-moi pour rougir de tes paroles, et mords cette langue qui accuse de lâcheté celui dont l'aspect menaçant t'a fait jusqu'ici trembler et fuir.

CLIFFORD.--Je ne m'amuserai pas à disputer avec toi de paroles: mais nous allons jouter de coups, quatre pour un!

(Il tire son épée.)

MARGUERITE.--Arrête, vaillant Clifford! Pour mille raisons, je veux prolonger encore un peu la vie de ce traître.--La rage le rend sourd.--Parle-lui, Northumberland.

NORTHUMBERLAND.--Arrête, Clifford: ne lui fais pas l'honneur de t'exposer à avoir le doigt piqué, pour lui percer le coeur. Quand un roquet montre les dents, quelle valeur y a-t-il à mettre la main dans sa gueule, lorsqu'on pourrait le repousser avec le pied? Le droit de la guerre est d'user de tous ses avantages; et ce n'est point faire brèche à l'honneur que de se mettre dix contre un.

(Ils se jettent sur York, qui se débat.)

CLIFFORD.--Oui, oui, c'est ainsi que se débat l'oiseau dans le lacet.

NORTHUMBERLAND.--C'est ainsi que s'agite le lapin dans le piége.

(York est fait prisonnier.)

YORK.--Ainsi triomphent les brigands sur la proie qu'ils ont conquise; ainsi succombe l'honnête homme attaqué en nombre inégal par des voleurs.

NORTHUMBERLAND.--Maintenant, madame, qu'ordonnez-vous de lui?

MARGUERITE.--Braves guerriers, Clifford, Northumberland, il faut le placer sur ce tertre de terre, lui qui les bras étendus voulait atteindre les montagnes, et n'a fait avec sa main que traverser leur ombre.--Quoi, c'était donc vous qui vouliez être roi d'Angleterre? C'était donc vous qui triomphiez dans notre parlement, et nous faisiez entendre un discours sur votre naissance? Où est maintenant votre potée d'enfants, pour vous soutenir? Votre pétulant Édouard et votre robuste George? Où est-il, ce vaillant miracle des bossus, votre petit Dicky, dont la voix toujours grondante animait son papa à la révolte? Où est-il aussi votre bien-aimé Rutland? Voyez, York, j'ai teint ce mouchoir dans le sang que le brave Clifford a fait sortir avec la pointe de son épée du sein de cet enfant; et si vos yeux peuvent pleurer sa mort, tenez, je vous le présente, pour en essuyer vos larmes. Hélas! pauvre York! si je ne vous haïssais pas mortellement, je plaindrais l'état misérable où je vous vois! Je t'en prie, York, afflige-toi pour me réjouir. Frappe du pied, enrage, désespère-toi, que je puisse chanter et danser. Quoi! le feu de ton coeur a-t-il tellement desséché tes entrailles, qu'il ne puisse couler une larme pour la mort de Rutland? D'où te vient ce calme? Tu devrais être furieux, et c'est pour te rendre furieux que je t'insulte ainsi. Mais je le vois; tu veux que je te paye pour me divertir: York ne sait parler que quand il porte une couronne.--Une couronne pour York.--Et vous, lords, inclinez-vous bien bas devant lui.--Tenez-lui les mains, tandis que je vais le couronner. (*Elle lui place sur la tête une couronne du papier* [2]). Mais, vraiment, à présent il a l'air d'un roi. Oui, voilà celui qui s'est emparé du trône de Henri; voilà celui qui s'était fait adopter par lui pour son héritier.--Mais comment se fait-il donc que le grand Plantagenet soit couronné sitôt, au mépris de son serment solennel? Je croyais, moi, que tu ne devais être roi qu'après que notre roi Henri aurait serré la main à la mort; et vous voulez ceindre votre tête de la gloire de Henri, et ravir à son front le diadème dès à présent, pendant sa vie, et contre votre serment sacré! Oh! c'est aussi un crime trop impardonnable! Allons, faites tomber cette couronne, et avec elle sa tête, et qu'il suffise d'un clin d'oeil pour le mettre à mort.

Note 5: (retour) Ces détails, dont le fond est rapporté par Hollinshed, d'après quelques chroniques, et en particulier celle de *Whetamstede*, ne sont pas dans Hall qui dit que la couronne de papier ne fut placée sur la tête d'York qu'après sa mort. Quant à la circonstance du mouchoir trempé dans le sang de Rutland, elle paraît être une invention de l'auteur de la pièce originale, quel qu'il soit.

CLIFFORD.--Cet office me regarde, en mémoire de mon père.

MARGUERITE.--Non, arrête encore: écoutons-le pérorer.

YORK.--Louve de France, mais pire que les loups de France; toi dont la langue est plus envenimée que la dent de la vipère, qu'il sied mal à ton sexe de triompher, comme une amazone effrontée, des malheurs de ceux qu'enchaîne la fortune! Si ton visage n'était pas immobile comme un masque, et accoutumé à l'impudence par l'habitude des mauvaises actions, j'essayerais de te faire rougir, reine présomptueuse: te dire seulement d'où tu viens, de qui tu sors, c'en serait assez pour te couvrir de honte, s'il te restait quelque sentiment de honte. Ton père, qui se pare des titres de roi de Naples, des Deux-Siciles et de Jérusalem, n'a pas le revenu d'un métayer anglais. Est-ce donc ce monarque indigent qui t'a appris à insulter? Cela est bien inutile et ne te convient pas, reine insolente! à moins qu'il ne te faille vérifier le proverbe, qu'un mendiant sur un cheval le pousse jusqu'à ce qu'il crève. C'est la beauté qui souvent fait l'orgueil des femmes. Mais Dieu sait que ta part en est petite. C'est la vertu qui les fait le plus admirer. Le contraire t'a rendue un objet d'étonnement. C'est par la décence et la douceur qu'elles deviennent comme divines; et c'est par l'absence de ces qualités que tu es abominable. Tu es l'opposé de tout bien, comme les antipodes le sont du lieu que nous habitons, comme le sud l'est du septentrion. Oh! coeur de tigresse, caché sous la forme d'une femme! Comment, après avoir teint ce linge du sang vital d'un enfant pour en essuyer les larmes de son père, peux-tu porter encore la figure d'une femme? Les femmes sont douces, sensibles, pitoyables et d'un coeur facile à fléchir; et toi, tu es féroce, implacable, dure comme la roche, inflexible et sans remords. Tu m'excitais à la fureur; eh bien! tu as ce que tu désirais. Tu voulais me voir pleurer; eh bien! tu as ce que tu voulais; car la fureur des vents amasse d'interminables ondées, et, dès qu'elle se ralentit, commence la pluie. Ces pleurs sont les obsèques de mon cher Rutland; et chaque larme crie vengeance sur sa mort... contre toi, barbare Clifford... et toi, perfide Française.

NORTHUMBERLAND.--Je m'en veux; mais ses douleurs m'émeuvent au point que j'ai de la peine à retenir mes larmes.

YORK.--Des cannibales affamés eussent craint de toucher à un visage comme celui de mon fils, et n'eussent pas voulu le souiller de sang; mais vous êtes plus inhumains, plus inexorables; oh! dix fois plus que les tigres de l'Hyrcanie. Vois, reine impitoyable; vois les larmes d'un malheureux père: ce linge que tu as trempé dans le sang de mon cher enfant, vois, j'en lave le sang avec mes larmes; tiens, reprends-le, et va te vanter de ce que tu as fait. (*Il lui rend le mouchoir.*) Si tu racontes, comme elle est, cette histoire, sur mon âme, ceux qui l'entendront lui donneront des larmes: oui, mes ennemis même verseront des larmes abondantes, et diront: Hélas! ce fut un lamentable événement.--Allons, reprends ta couronne, et ma malédiction avec elle; et puisses-tu, quand tu en auras besoin, trouver la consolation que je reçois de ta cruelle main! Barbare Clifford! ôte-moi du monde! Que mon âme s'envole aux cieux, et que mon sang retombe sur vos têtes!

NORTHUMBERLAND.--Il aurait massacré toute ma famille, que je ne pourrais pas, dût-il m'en coûter la vie, m'empêcher de pleurer avec lui, en voyant combien la douleur domine profondément son âme.

MARGUERITE.--Quoi! tu en viens aux larmes, milord Northumberland?-- Songe seulement aux maux qu'il nous a faits à tous, et cette pensée séchera bientôt tes tendres pleurs.

CLIFFORD.--Voilà pour accomplir mon serment, voilà pour la mort de mon père.

(Le perçant de son épée.)

MARGUERITE, *lui portant aussi un coup d'épée.*--Et voilà pour venger le droit de notre bon roi.

YORK.--Ouvre-moi les portes de ta miséricorde, Dieu de clémence! Mon âme s'envole par ces blessures pour aller vers toi.

(Il meurt.)

MARGUERITE.--Abattez sa tête, et placez-la sur les portes d'York: de cette manière York dominera sa ville d'York.

(Ils sortent.)

FIN DU PREMIER ACTE.

ACTE DEUXIÈME

SCÈNE I

Plaine voisine de la Croix de Mortimer dans le comté d'Hereford.

Tambours; entrent ÉDOUARD ET RICHARD *en marche avec leurs troupes.*

ÉDOUARD.--J'ignore comment notre auguste père aura pu échapper, et même s'il aura pu échapper ou non à la poursuite de Clifford et de Northumberland. S'il avait été pris, nous en aurions appris la nouvelle; s'il avait été tué, le bruit nous en serait aussi parvenu; mais s'il avait échappé, il me semble aussi que nous aurions dû recevoir le consolant avis de son heureuse fuite. Comment se trouve mon frère? pourquoi est-il si triste?

RICHARD.--Je n'aurai point de joie que je ne sache ce qu'est devenu notre très-valeureux père. Je l'ai vu dans la bataille renversant tout sur son passage; j'ai observé comme il cherchait à écarter Clifford, et à l'attirer seul. Il m'a paru se conduire au plus fort de la mêlée, comme un lion au milieu d'un troupeau de boeufs, ou un ours entouré de chiens qui, lorsque quelques-uns d'entre eux atteints de sa griffe ont poussé des cris de douleur, se tiennent éloignés, aboyant contre lui. Tel était notre père au milieu de ses ennemis: ainsi les ennemis fuyaient mon redoutable père. C'est, à mon avis, gagner assez de gloire que d'être ses fils.--Vois comme l'aurore ouvre ses portes d'or et prend congé du soleil radieux. Comme elle ressemble au printemps de la jeunesse! au jeune homme qui s'avance gaiement vers celle qu'il aime!

ÉDOUARD.--Mes yeux sont-ils éblouis, ou vois-je en effet trois soleils?

RICHARD.--Ce sont trois soleils brillants, trois soleils bien entiers: non pas un soleil coupé par les nuages, car, distincts l'un de l'autre, ils brillent dans un ciel clair et blanchâtre. Voyez, voyez, ils s'unissent, se confondent et semblent s'embrasser, comme s'ils juraient ensemble une ligue inviolable: à présent ils ne forment plus qu'un seul astre, qu'un seul flambeau, qu'un seul soleil.--Sûrement le ciel nous veut représenter par là quelque événement.

ÉDOUARD.--C'est bien étrange: jamais on n'ouït parler d'une telle chose. Je pense qu'il nous appelle, mon frère, au champ de bataille: afin que nous, enfants du brave Plantagenet, déjà brillants séparément par notre mérite, nous unissions nos splendeurs pour luire sur la terre, comme ce soleil sur le monde. Quel que soit ce présage, je veux désormais porter sur mon bouclier trois soleils radieux.

RICHARD.--Portez-y plutôt trois filles, car, avec votre permission, vous aimez mieux les femelles que les mâles. (*Entre un messager.*) Qui es-tu, toi, dont les sombres regards annoncent quelques tristes récits suspendus au bout de ta langue?

LE MESSAGER.--Ah! je viens d'être le triste témoin du meurtre du noble duc d'York, votre auguste père, et mon excellent maître.

ÉDOUARD.--Oh! n'en dis pas davantage: j'en ai trop entendu.

RICHARD.--Raconte-moi comment il est mort: je veux tout entendre.

LE MESSAGER.--Environné d'un grand nombre d'ennemis, il leur faisait face à tous; semblable au héros, espoir de Troie, s'opposant aux Grecs qui voulaient entrer dans la ville. Mais Hercule même doit succomber sous le nombre; et plusieurs coups redoublés de la plus petite cognée tranchent et abattent le chêne le plus dur et le plus vigoureux. Saisi par une foule de mains, votre père a été dompté; mais il n'a été percé que par le bras furieux de l'impitoyable Clifford, et par la reine. Elle lui a mis par grande dérision une couronne sur la tête: elle l'a insulté de ses rires; et lorsque de douleur il s'est mis à pleurer, cette reine barbare lui a offert, pour essuyer son visage, un mouchoir trempé dans le sang innocent de l'aimable et jeune Rutland, égorgé par l'affreux Clifford. Enfin, après une multitude d'outrages et d'affronts odieux, ils lui ont tranché la tête, et l'ont placée sur les portes d'York, où elle offre le plus affligeant spectacle que j'aie jamais vu.

ÉDOUARD.--Cher duc d'York, appui sur qui nous nous reposions, à présent que tu nous es enlevé, nous n'avons plus de soutien ni d'appui.--O Clifford! insolent Clifford, tu as détruit la fleur des chevaliers de l'Europe! et ce n'est que par trahison que tu l'as abattu: seul contre toi seul, il t'aurait vaincu.--Ah! maintenant la demeure de mon âme lui est devenue une prison; oh! qu'elle voudrait s'en affranchir avant que ce corps pût, enfermé sous la terre, y trouver le repos! jamais, à compter de ce moment, je ne puis plus goûter aucune joie; jamais, jamais je ne connaîtrai plus la joie.

RICHARD.--Je ne puis pleurer. Tout ce que mon corps contient d'humidité peut à peine suffire à calmer le brasier qui brûle mon coeur, et ma langue ne le peut délivrer du poids qui le surcharge, car le souffle qui pousserait mes paroles au dehors est employé à exciter les charbons qui embrasent mon sein et le dévorent de flammes qu'éteindraient les larmes. Pleurer, c'est diminuer la profondeur de la douleur: aux enfants donc les pleurs; et à moi le fer et la vengeance!--Richard, je porte ton nom, je vengerai ta mort, ou je mourrai environné de gloire pour l'avoir tenté.

ÉDOUARD.--Ce vaillant duc t'a laissé son nom: il me laisse à moi sa place et son duché.

RICHARD.--Allons, si tu es vraiment l'enfant de cet aigle royal, prouve ta race en regardant fixement le soleil. Au lieu de sa place et de son duché, dis le trône et le royaume: ils sont à toi, ou tu n'es pas son fils.

(Une marche. Entrent Warwick, Montaigu, suivis de leur armée.)

WARWICK.--Eh bien, mes beaux seigneurs, où en êtes-vous? Quelles nouvelles avez-vous reçues?

RICHARD.--Illustre Warwick, s'il fallait vous redire nos funestes nouvelles, et recevoir à chaque mot un coup de poignard dans notre coeur, jusqu'à la fin du récit, nous souffririons moins de ces blessures que de ces cruelles paroles. O valeureux lord, le duc d'York est tué!

ÉDOUARD.--O Warwick! Warwick! ce Plantagenet qui t'aimait aussi chèrement que le salut de son âme a été mis à mort par le cruel lord Clifford!

WARWICK.--Il y a déjà dix jours que j'ai noyé de mes larmes cette douloureuse nouvelle; et aujourd'hui, pour mettre le comble à vos malheurs, je viens vous instruire des événements qui l'ont suivie. Après le sanglant combat livré à Wakefield, où votre brave père a rendu son dernier soupir, des nouvelles apportées avec toute la promptitude des plus rapides courriers m'instruisirent de votre perte et de sa mort. J'étais alors à Londres, tenant le roi sous ma garde: j'ai mis mes soldats sur pied, j'ai rassemblé une foule d'amis; et me trouvant en forces, à ce que j'imaginais, j'ai marché vers Saint-Albans pour intercepter la reine, me couvrant toujours de la présence du roi que je conduisais avec moi: car des espions m'avaient averti que la reine venait avec la résolution d'anéantir le dernier décret que nous avons fait arrêter en parlement, relativement au serment du roi Henri et à votre succession.--Pour abréger; nous nous sommes rencontrés à Saint-Albans: nos deux armées se sont jointes, et l'on a opiniâtrement combattu des deux côtés.... Mais soit que la froideur du roi, qui regardait sans nulle colère sa belliqueuse épouse, ait éteint la vindicative fureur de mes soldats; soit que ce fût en effet la nouvelle du succès récent de la reine, ou l'extraordinaire effroi que leur causait la cruauté de Clifford, qui foudroie ses prisonniers des mots de sang et de mort; c'est ce que je ne peux juger: mais la vérité, en un mot, c'est que les armes de nos ennemis allaient et venaient comme l'éclair, et que celles de nos soldats, semblables au vol indolent de l'oiseau de nuit, ou au fléau d'un batteur paresseux, tombaient avec mollesse, comme si elles eussent frappé des amis. J'ai essayé de les ranimer par la justice de notre cause, par la promesse d'une haute paye et de grandes récompenses, mais en vain. Ils n'avaient pas le coeur au combat, et ne nous offraient aucune espérance de gagner la victoire; nous avons fui, le roi auprès de la reine, et nous, le lord George, votre frère, Norfolk et moi, nous sommes accourus en toute hâte et ventre à terre, pour vous rejoindre, car on nous avait appris que vous étiez ici sur les frontières, occupés à rassembler une autre armée pour livrer un nouveau combat.

ÉDOUARD.--Cher Warwick, où est le duc de Norfolk? Apprenez-nous encore quand mon frère est revenu de Bourgogne en Angleterre.

WARWICK.--Le duc est à six milles d'ici environ, avec ses troupes.--Quant à votre frère, la duchesse de Bourgogne, votre bonne tante, l'a renvoyé ces jours derniers avec un renfort de soldats, bien nécessaire dans cette guerre.

RICHARD.--Il fallait que la partie fût bien inégale, lorsque le vaillant Warwick a fui. Je lui ai souvent entendu attribuer la gloire d'avoir poursuivi l'ennemi; mais jamais, jusqu'à aujourd'hui, le scandale d'une retraite.

WARWICK.--Et tu n'auras point par moi de scandale, Richard; tu apprendras que mon bras si vigoureux peut enlever le diadème de la tête du faible Henri, et arracher de sa main le sceptre du pouvoir imposant, fût-il aussi intrépide, aussi renommé dans la guerre, qu'il est connu par sa faiblesse, et son amour pour la paix et la prière.

RICHARD.--Je le sais bien: Warwick, ne t'offense pas; c'est l'amour que je porte à ta gloire qui m'a fait parler ainsi. Mais, dans ces temps de crise, quel parti prendre? Faut-il jeter de côté cette armure de fer, pour nous envelopper dans de noirs manteaux de deuil, et compter des *ave Maria* sur nos chapelets? Ou bien, chargerons-nous nos armes vengeresses de dire notre dévotion aux casques de nos ennemis? Si vous êtes pour ce dernier parti, dites oui, et partons, milords.

WARWICK.--C'est pour cela que Warwick est venu vous chercher, et c'est pour cela que vient mon frère Montaigu. Suivez-moi, lords. Cette reine hautaine et insultante, aidée de Clifford et du superbe Northumberland, et de plusieurs autres fiers oiseaux du même plumage, a manié comme la cire ce roi flexible et docile. Il vous a, avec serment, acceptés pour ses successeurs; son serment est enregistré dans les dépôts du parlement; et dans ce moment toute la bande est allée à Londres, pour annuler son engagement, et tout ce qui pourrait faire un titre contre la maison de Lancastre. Leur armée, je pense, est forte de trente mille hommes. Eh bien, si le secours qu'amène Norfolk, avec ma troupe, et tous les amis que tu pourras nous procurer, brave comte des Marches, parmi les fidèles Gallois, monte seulement à vingt-cinq mille hommes, alors, en route! nous marchons vigoureusement sur Londres; et remontés sur nos coursiers écumants, nous crierons encore une fois: Chargez l'ennemi; mais jamais on ne nous reverra tourner le dos et fuir.

RICHARD.--Oui, maintenant je puis le croire, c'est le grand Warwick que j'entends. Qu'il ne vive pas un jour de plus, celui qui criera *Retraite*, lorsque Warwick lui ordonnera de tenir ferme!

ÉDOUARD.--Lord Warwick, je veux m'appuyer sur ton épaule; et si tu viens à tomber (Dieu ne permette pas que nous voyions arriver une pareille heure!), il faudra qu'Édouard tombe aussi, danger dont me préserve le Ciel!

WARWICK.--Tu n'es plus comte des Marches, mais duc d'York. Après ce titre, le premier est celui de souverain de l'Angleterre. Tu seras proclamé roi d'Angleterre dans tous les bourgs que nous traverserons; et quiconque ne jettera pas son chaperon en l'air en signe de joie payera de sa tête son offense.--Roi Édouard,--vaillant Richard,--Montaigu, ne restons pas ici plus longtemps à rêver la gloire; que les trompettes sonnent, et courons à notre tâche.

RICHARD.--Ton coeur, Clifford, fût-il aussi dur que l'acier (et tes actions ont assez montré qu'il était de fer), je cours le percer, ou te livrer le mien.

ÉDOUARD.--Allons, battez, tambours. Dieu et saint George avec nous!

(Entre un messager.)

WARWICK.--Eh bien, quelles nouvelles?

LE MESSAGER.--Le duc de Norfolk m'envoie pour vous annoncer que la reine s'avance avec une puissante armée: il désire votre présence pour prendre promptement ensemble une résolution.

WARWICK.--Tout va donc à souhait! Braves guerriers, marchons.

(Ils sortent.)

SCÈNE II

Devant York.

Entrent LE ROI HENRI, LA REINE MARGUERITE, LE PRINCE DE GALLES; CLIFFORD, NORTHUMBERLAND, *suivis de soldats.*

MARGUERITE.--Soyez le bienvenu, mon seigneur, dans cette belle ville d'York. Là-bas est la tête de ce mortel ennemi qui cherchait à se parer de votre couronne. Cet objet ne réjouit-il pas votre coeur?

LE ROI.--Comme la vue des rochers réjouit celui qui craint d'y échouer.--Cet aspect soulève mon âme. Retiens ta vengeance, ô Dieu juste! Je n'en suis point coupable, et je n'ai pas consenti à violer mon serment.

CLIFFORD.--Mon gracieux souverain, il faut mettre de côté cette excessive douceur, cette dangereuse pitié. A qui le lion jette-t-il de doux regards? ce n'est pas à l'animal qui veut usurper son antre. Quelle est la main que lèche l'ours des forêts? ce n'est pas celle du ravisseur qui lui enlève ses petits sous ses yeux. Qui échappe au dard homicide du serpent caché sous l'herbe? ce n'est pas celui qui le foule sous ses pieds; le plus vil reptile se retourne contre le pied qui l'écrase, et la colombe se sert de son bec pour défendre sa couvée.

L'ambitieux York aspirait à ta couronne, et tu conservais ton visage bienveillant, tandis qu'il fronçait un sourcil irrité! Lui, qui n'était que duc, voulait faire son fils roi, et en père tendre agrandir la fortune de ses enfants; et toi qui es roi, que le Ciel a béni d'un fils riche en mérite, tu consentis à le déshériter! ce qui faisait voir en toi un père sans tendresse. Les créatures privées de raison nourrissent leurs enfants; et malgré la terreur que leur imprime l'aspect de l'homme, qui ne les a vus, pour protéger leurs tendres petits, employer jusqu'aux ailes qui souvent ont servi à leur fuite, pour combattre l'ennemi qui escaladait leur nid, exposant leur propre vie pour la défense de leurs enfants? Pour votre honneur, mon souverain, prenez exemple d'eux. Ne serait-ce pas une chose déplorable, que ce noble enfant perdit les droits de sa naissance par la faute de son père, et pût dire dans la suite à son propre fils: «Ce que mon bisaïeul et mon aïeul avaient acquis, mon insensible père l'a sottement abandonné à un étranger.» Ah! quelle honte ce serait! Jette les yeux sur cet enfant; et que ce mâle visage, où se lit la promesse d'une heureuse fortune, arme ton âme trop molle de la force nécessaire pour retenir ton bien, et laisser à ton fils ce qui t'appartient.

LE ROI.--Clifford s'est montré très-bon orateur, et ses arguments sont pleins de force. Mais, Clifford, réponds, n'as-tu jamais ouï dire que le bien mal acquis ne pouvait prospérer? ont-ils toujours été heureux les fils dont le père est allé aux enfers pour avoir amassé des trésors [6]? Je laisserai pour héritage à mon fils mes bonnes actions; et plût à Dieu que mon père ne m'en eût pas laissé d'autre, car la possession de tout le reste est à si haut prix, qu'il en coûte mille fois plus de peine pour le conserver, que sa possession ne donne de plaisir. Ah! cousin York, je voudrais que tes amis connussent combien mon coeur est navré de voir là ta tête.

Note 6: (retour) Allusion au proverbe anglais: *Heureux l'enfant dont le père est allé au diable.*

MARGUERITE.--Mon seigneur, ranimez votre courage: nos ennemis sont à deux pas, et cette mollesse décourage vos partisans.--Vous avez promis la chevalerie à votre brave fils; tirez votre épée, et armez-le sur-le-champ.-- Édouard, à genoux.

LE ROI.--Édouard Plantagenet, lève-toi chevalier, et retiens cette leçon: Tire ton épée pour la justice.

LE JEUNE PRINCE.--Mon gracieux père, avec votre royale permission, je la tirerai en héritier présomptif de la couronne, et l'emploierai dans cette querelle jusqu'à la mort.

CLIFFORD.--C'est parler en prince bien appris.

(Entre un messager.)

LE MESSAGER.--Augustes commandants, tenez-vous prêts; Warwick s'avance à la tête d'une armée de trente mille hommes, et il est accompagné du duc d'York, qu'il proclame roi dans toutes les villes qu'il traverse: on court en foule se joindre à lui. Rangez votre armée, car ils sont tout près.

CLIFFORD.--Je désirerais que Votre Altesse voulût bien quitter le champ de bataille; la reine est plus sûre de vaincre en votre absence.

MARGUERITE.--Oui, mon bon seigneur, laissez-nous à notre fortune.

LE ROI.--Quoi! votre fortune est aussi la mienne: je veux rester.

NORTHUMBERLAND.--Restez donc avec la résolution de combattre.

LE JEUNE PRINCE.--Mon royal père, animez donc ces nobles lords, et inspirez le courage à ceux qui combattent pour vous défendre; tirez votre épée, mon bon père, et criez: *saint George*!

(Entrent Édouard, Richard, George, Warwick, Norfolk, Montaigu et des soldats.)

ÉDOUARD.--Eh bien, parjure Henri, viens-tu demander la grâce à genoux, et placer ton diadème sur ma tête, ou courir les mortels hasards d'un combat?

MARGUERITE.--Va gourmander tes complaisants, insolent jeune homme: te convient-il de t'exprimer avec cette audace devant ton maître et ton roi légitime?

ÉDOUARD.--C'est moi qui suis son roi, et c'est à lui de fléchir le genou. Il m'a, de son libre consentement, adopté pour son héritier; mais depuis, il a violé son serment: car j'apprends que vous (qui êtes le véritable roi, quoique ce soit lui qui porte la couronne) vous lui avez fait, dans un nouvel acte du parlement, effacer mon nom, pour y substituer celui de son fils.

CLIFFORD.--Et c'est aussi la raison qui le lui a fait faire: qui doit succéder au père, si ce n'est le fils?

RICHARD.--Vous voilà, boucher?--Oh! je ne peux parler.

CLIFFORD.--Oui, bossu, je suis ici pour te répondre, à toi, et à tous les audacieux de ton espèce.

RICHARD.--C'est toi qui as tué le jeune Rutland. N'est-ce pas toi?

CLIFFORD.--Oui, et le vieux York aussi; et cependant je ne suis pas encore satisfait.

RICHARD.--Au nom de Dieu, lords, donnez le signal du combat.

WARWICK.--Eh bien, que réponds-tu, Henri? Veux-tu céder la couronne?

MARGUERITE.--Quoi! qu'est-ce donc, Warwick? vous avez la langue bien longue; osez-vous bien parler? Lorsque vous et moi nous nous sommes mesurés à Saint-Albans, vos jambes vous ont mieux servi que vos bras.

WARWICK.--C'était alors mon tour à fuir; aujourd'hui c'est le tien.

CLIFFORD.--Tu en as dit autant avant le dernier combat, et tu n'en a pas moins fui.

WARWICK.--Ce n'est pas votre valeur, Clifford, qui m'y a forcé.

NORTHUMBERLAND.--Et ce n'est pas votre courage qui vous a donné l'audace de tenir ferme.

RICHARD.--Northumberland, toi, je te respecte.--Mais rompons cette conférence.... car j'ai peine à contenir les mouvements de mon coeur, gonflé de rage contre ce Clifford, ce cruel bourreau d'enfants.

CLIFFORD.--J'ai tué ton père: le prends-tu pour un enfant?

RICHARD.--Tu l'as assassiné en lâche, en vil traître, comme tu avais tué notre jeune frère Rutland. Mais avant que le soleil se couche, je te ferai maudire ton action.

LE ROI.--Finissez ces discours, milords, et écoutez-moi.

MARGUERITE.--Que ce soit donc pour les défier, ou garde le silence.

LE ROI.--Je te prie, ne donne pas des entraves à ma langue. Je suis roi, et j'ai le privilége de parler.

CLIFFORD.--Mon souverain, la plaie qui a amené cette entrevue ne peut se guérir par des paroles: restez donc en paix.

RICHARD.--Tire donc l'épée, bourreau. Par celui qui nous a tous créés, je suis intimement persuadé que tout le courage de Clifford réside dans sa langue.

ÉDOUARD.--Parle, Henri: jouirai-je de mon droit ou non? Des milliers d'hommes ont déjeuné ce matin qui ne dîneront pas, si tu ne cèdes à l'instant la couronne.

WARWICK.--Si tu la refuses, que leur sang retombe sur ta tête! car c'est pour la justice qu'York se revêt de son armure.

LE JEUNE PRINCE.--Si la justice est ce que Warwick appelle de ce nom, il n'y a plus d'injustice dans le monde, et tout dans l'univers est juste.

RICHARD.--Quel que soit ton père, c'est bien là ta mère (*montrant la reine*); car, je le vois bien, tu as la langue de ta mère.

MARGUERITE.--Toi, tu ne ressembles ni à ton père ni à ta mère: odieux et difforme, tu as été marqué par la destinée comme d'un signe d'infamie qui instruit à t'éviter comme le crapaud venimeux, ou le dard redouté du lézard.

RICHARD.--Vil plomb de Naples, caché sous l'or de l'Angleterre, toi dont le père porte le titre de roi, comme si un canal pouvait s'appeler la mer, ne rougis-tu pas, connaissant ton origine, de laisser ta langue déceler la bassesse native de ton coeur?

ÉDOUARD.--Je donnerais mille couronnes d'un fouet de paille, pour faire rentrer en elle-même cette effrontée coquine.--Hélène de Grèce était cent fois plus belle que toi, quoique ton mari puisse être un Ménélas; et cependant jamais le frère d'Agamemnon ne fut outragé par cette femme perfide, comme ce roi l'a été par toi. Son père a triomphé dans le coeur de la France; il a soumis son roi, et forcé le dauphin à fléchir devant lui; et lui, s'il eût fait un mariage digne de sa grandeur, il eût pu conserver jusqu'à ce jour tout l'éclat de cette gloire. Mais lorsqu'il a admis dans son lit une mendiante, et honoré de son alliance ton pauvre père, le soleil qui éclaira ce jour rassembla sur sa tête un orage qui a balayé de la France tous les trophées de son père, et qui, dans notre patrie, amassa la sédition autour de sa couronne. Et quelle autre cause que ton orgueil a suscité ces troubles? Si tu te fusses montrée modeste, notre titre dormirait encore; et, par pitié pour ce roi plein de douceur, nous aurions jusqu'à d'autres temps négligé nos prétentions.

GEORGE.--Mais lorsque nous avons vu ton printemps fleurir sous nos rayons, et ton été ne nous apporter aucun accroissement, nous avons mis la hache dans tes racines envahissantes; et quoique son tranchant nous ait quelquefois atteints nous-mêmes, sache cependant qu'à présent que nous avons commencé à frapper, nous ne te quitterons plus que nous ne t'ayons abattue, ou que notre sang brûlant n'ait arrosé ta grandeur toujours croissante.

ÉDOUARD.--Et c'est dans cette résolution que je te défie, et ne veux plus continuer cette conférence, puisque tu refuses à ce bon roi la liberté de parler.--Sonnez, trompettes!--Que nos étendards sanglants se déploient! et la victoire ou le tombeau!

MARGUERITE.--Arrête, Édouard!

ÉDOUARD.--Non, femme querelleuse, nous n'arrêterons pas un moment de plus. Tes paroles seront payées de dix mille vies.

(Ils sortent.)

SCÈNE III

Champ de bataille entre Towton et Saxton dans la province d'York.

Alarmes, excursions des deux partis. Entre WARWICK.

WARWICK.--Épuisé par les travaux, comme le sont les coureurs pour avoir disputé le prix, il faut que je m'asseye ici pour respirer un moment, car les coups que j'ai reçus, les coups nombreux que j'ai rendus, ont privé de leur force les vigoureuses articulations de mes muscles, et, malgré que j'en aie, il faut que je me repose un peu.

(Entre Édouard en courant.)

ÉDOUARD.--Souris-nous, ciel propice! ou frappe, impitoyable mort! car l'aspect du monde devient menaçant et le soleil d'Édouard se couvre de nuages.

WARWICK.--Eh bien, milord, quelle est notre fortune? où en sont nos espérances?

(Entre George.)

GEORGE.--Notre fortune, c'est d'être défaits: notre espérance, un triste désespoir. Nos rangs sont rompus, et la destruction nous poursuit. Quel parti conseillez-vous? Où fuirons-nous?

ÉDOUARD.--La fuite est inutile: ils ont des ailes pour nous poursuivre; et dans l'épuisement où nous sommes, nous ne pouvons éviter leur poursuite.

(Entre Richard.)

RICHARD.--Ah! Warwick! pourquoi t'es-tu retiré du combat? La terre altérée a bu le sang de ton frère [7], répandu par la pointe acérée de la lance de Clifford: et dans les angoisses de la mort on l'entendait, comme une cloche funèbre qui résonne au loin, répéter: *Warwick, vengeance! Mon frère, venge ma mort!* C'est ainsi que, renversé sous le ventre des coursiers ennemis, dont les pieds velus se teignaient de son sang fumant, ce noble gentilhomme a rendu son dernier soupir.

Note 7: (retour) Un bâtard de Salisbury, frère naturel de Warwick.

WARWICK.--Allons, que la terre s'enivre de notre sang. Je vais tuer mon cheval; je ne veux pas fuir. Pourquoi restons-nous ici comme de faibles femmes, à pleurer nos pertes, tandis que l'ennemi fait rage, et à demeurer spectateurs comme si cette tragédie n'était qu'une pièce de théâtre, jouée par des personnages fictifs? Ici, à genoux, je fais voeu devant le Dieu d'en haut de ne plus m'arrêter, de ne plus prendre un instant de repos que la mort n'ait fermé mes yeux, ou que la fortune n'ait comblé la mesure de ma vengeance.

ÉDOUARD.--O Warwick! je fléchis mon genou avec le tien, j'enchaîne mon âme à la tienne, dans le même voeu.--Et, avant que ce genou se relève de la froide surface de la terre, je tourne vers toi mes mains, mes yeux et mon coeur, ô toi qui établis et renverse les rois, te conjurant, s'il est arrêté dans tes décrets que mon corps soit la proie de mes ennemis, de permettre que le ciel m'ouvre ses portes d'airain et accorde à mon âme pécheresse un favorable passage.--Maintenant, lords, disons-nous adieu, jusqu'à ce que nous nous revoyions encore, quelque part que ce soit, au ciel ou sur la terre.

RICHARD.--Mon frère, donne-moi ta main.--Et toi, généreux Warwick, laisse-moi te serrer dans mes bras fatigués.--Moi, qui n'ai jamais pleuré, je me sens douloureusement attendri sur ce printemps de nos jours que doit peut-être sitôt interrompre l'hiver.

WARWICK.--Allons, allons! Encore une fois, chers seigneurs, adieu.

GEORGE.--Retournons plutôt ensemble vers nos soldats; donnons toute liberté de fuir à ceux qui ne voudront pas tenir, et louons comme les colonnes de notre parti ceux qui demeureront avec nous, promettons-leur, si nous triomphons, la récompense que les vainqueurs remportaient jadis aux jeux olympiques. Cela pourra raffermir le courage dans leurs coeurs abattus, car il y a encore espérance de vivre et de vaincre. Ne tardons pas plus longtemps, marchons en toute hâte.

(Ils sortent.)

SCÈNE IV

Au même lieu. Une autre partie du champ de bataille.

Excursions des deux partis. Entrent RICHARD ET CLIFFORD.

RICHARD.--Enfin, Clifford, je suis parvenu à te joindre seul. Suppose que ce bras est pour le duc d'York, et l'autre pour Rutland, tous deux voués à les venger, fusses-tu entouré d'un mur d'airain.

CLIFFORD.--Maintenant, Richard, que je suis seul avec toi, regarde: voilà la main qui a frappé ton père, et voilà celle qui a tué ton frère Rutland; et voilà le coeur qui triomphe dans la joie de leur mort, et anime ces mains qui ont tué ton frère et ton père, à en faire autant de toi; ainsi, défends-toi.

(Ils combattent. Warwick survient: Clifford prend la fuite.)

RICHARD.--Warwick, choisis-toi quelque autre proie: c'est moi qui veux chasser ce loup jusqu'à la mort.

(Ils sortent.)

SCÈNE V

Une autre partie du champ de bataille.

Alarme. Entre LE ROI HENRI.

LE ROI.--Ce combat offre l'aspect de celui qui se livre au matin, lorsque l'ombre mourante le dispute à la lumière qui s'accroît, à l'heure où le berger, soufflant dans ses doigts, ne peut dire ni qu'il fait jour ni qu'il fait nuit. Tantôt le mouvement de la bataille se porte ici comme une mer puissante forcée par la marée et combattue par les vents; tantôt il se porte là, semblable à cette même mer contrainte par les vents de se retirer; quelquefois les flots l'emportent, puis c'est le vent; tantôt celui-ci a l'avantage, tantôt il passe de l'autre côté; tous deux luttent pour la victoire sein contre sein, et ni l'un ni l'autre n'est vainqueur ni vaincu, tant la balance reste en équilibre dans cette cruelle mêlée. Je veux m'asseoir ici sur cette hauteur; et que la victoire se décide selon la volonté de Dieu! Car ma femme Marguerite, et Clifford aussi, m'ont forcé avec colère de me retirer du champ de bataille, protestant tous deux qu'ils combattent plus heureusement quand je n'y suis pas.--Je voudrais être mort si telle eût été la volonté de Dieu! Car, qu'y a-t il dans ce monde que chagrins et malheurs?--O Dieu! il me semble que ce serait une vie bien heureuse de n'être qu'un simple berger, d'être assis sur une colline, comme je le suis à présent, traçant avec justesse un cadran, et distribuant ses heures, pour y suivre de l'oeil la course des minutes, supputant combien il en faut pour compléter l'heure, combien d'heures composent le jour entier, combien de jours remplissent l'année, et combien d'années peut vivre un mortel. Et ensuite, cet espace une fois connu, faire ainsi la distribution de mon temps; tant d'heures pour mon troupeau, tant d'heures pour prendre mon repos, tant d'heures consacrées à la contemplation, tant d'heures employées aux délassements, tant de jours depuis que mes brebis sont pleines, tant de semaines avant que ces pauvres bêtes mettent bas, tant de mois avant que je tonde leur toison: ainsi, les minutes, les heures, les jours, les semaines, les mois et les années, passés dans l'emploi pour lequel ils ont été destinés, conduiraient doucement mes cheveux blanchis à un paisible tombeau. Ah! quelle vie ce serait là! qu'elle serait douce! qu'elle serait agréable! Le buisson de l'aubépine ne donne-t-il pas un plus doux ombrage aux bergers veillant sur leur innocent troupeau, qu'un dais richement doré n'en donne aux rois, qui craignent sans cesse la perfidie de leurs sujets? Oh! oui, plus doux, mille fois plus doux! Et enfin, le repas grossier qui nourrit le berger, la fraîche et légère boisson qu'il tire de sa bouteille de cuir, son sommeil accoutumé sous l'ombrage d'un arbre brillant de verdure, biens dont il jouit dans la sécurité d'une douce paix, sont bien au-dessus des délicatesses qui environnent un prince, de ses mets éclatant dans l'or de ses coupes, du lit somptueux où repose son corps qu'assiègent les soucis, la défiance et la trahison.

(Alarme. Entre un fils qui a tué son père et qui traîne son cadavre.)

LE FILS.--C'est un mauvais vent que celui qui ne profite à personne.--Cet homme que j'ai tué dans un combat que nous nous sommes livré tous deux, pourrait avoir sur lui quelques couronnes; et moi, qui aurai en ce moment le bonheur de les lui prendre, peut-être avant la nuit les céderai-je avec ma vie à quelque autre, comme ce mort va me les céder. Mais, quel est cet homme?--O Dieu! c'est le visage de mon père que j'ai tué sans le connaître dans la mêlée! ô jours affreux qui enfantent de pareils événements! Moi, j'ai été pressé à Londres où était le roi; et mon père, qui était au service du comte de Warwick, pressé par son maître, s'est trouvé dans le parti d'York; et moi, qui ai reçu de lui la vie, c'est ma main qui l'a privé de la sienne!--Pardonnez-moi, mon Dieu! Je ne savais pas ce que je faisais! Et toi, mon père, pardon! Je ne t'ai pas reconnu. Mes larmes laveront ces plaies sanglantes; et je ne prononcerai plus une parole avant de les avoir laissées couler à leur plaisir.

LE ROI.--O spectacle de pitié! O jours sanglants! lorsque les lions sont en guerre, et combattent pour se disputer un antre, les pauvres innocents agneaux sont victimes de leur inimitié.--Pleure, malheureux, je te seconderai, larme pour larme, et, semblables à la guerre civile, que nos yeux soient aveuglés de larmes, et que nos coeurs éclatent surchargés de maux!

(Entre un père qui a tué son fils, portant le corps dans ses bras.)

LE PÈRE.--Toi qui t'es si opiniâtrement défendu contre moi, donne-moi ton or, si tu en as; car je l'ai bien acheté au prix de cent coups.--Mais voyons.--Sont-ce là les traits de mon ennemi? Ah! non, non, non, c'est mon fils unique!--O mon enfant! s'il te reste encore quelque souffle de vie, lève les yeux sur moi, et vois, vois quelle ondée excitée par les orageux tourbillons de mon coeur se répand sur tes blessures, dont la vue tue mes yeux et mon coeur. Quelles méprises cruelles, meurtrières, coupables, désordonnées, contre nature, engendre chaque jour cette guerre mortelle! O Dieu! prends pitié de ce temps misérable! O mon fils! ton père t'a donné le jour trop tôt, et t'a trop récemment ôté la vie.

LE ROI.--Malheurs sur malheurs! douleurs qui surpassent les douleurs ordinaires! Oh! que mon trépas pût mettre fin à ces lamentables scènes! O miséricorde, miséricorde! ciel pitoyable, miséricorde! Je vois sur son visage les fatales enseignes de nos deux maisons en querelle, la rose rouge et la rose blanche: son sang vermeil ressemble parfaitement à l'une; ses joues pâles me présentent l'image de l'autre. Que l'une de vous se flétrisse donc, et que l'autre fleurisse! tant que vous vous combattrez, des milliers de vies vont se flétrir.

LE FILS.--Comme ma mère va m'en dire sur la mort de mon père, sans pouvoir jamais s'apaiser!

LE PÈRE.--Quelle mer de larmes va répandre ma femme sur le meurtre de son fils, sans pouvoir jamais se consoler!

LE ROI.--Comme le pays, en voyant ces malheurs, va prendre en haine son roi sans pouvoir en revenir!

LE FILS.--Fut-il jamais un fils aussi affligé de la mort de son père?

LE PÈRE.--Fut-il jamais un père qui déplorât autant la mort de son fils?

LE ROI.--Fut-il jamais un roi si malheureux des maux de ses sujets? Votre douleur est grande, mais la mienne est dix fois plus grande encore.

LE FILS.--Je veux t'emporter ailleurs, où je puisse te pleurer tout mon content.

(Il sort, emportant le corps.)

LE PÈRE.--Ces bras te serviront de drap mortuaire, et mon coeur, cher enfant, sera ton tombeau; car jamais ton image ne sortira de mon coeur; les soupirs de ma poitrine seront la cloche de ta sépulture, et ton père te rendra de tels devoirs funèbres, qu'il pleurera ta perte, lui qui n'en a pas d'autre que toi, autant que Priam pleura celle de tous ses malheureux fils. Je vais t'emporter d'ici, et combatte qui voudra; car j'ai porté le coup mortel où je ne le devais pas.

(Il sort, emportant le corps.)

LE ROI.--Coeurs désolés et que le malheur accable, vous laissez ici un roi encore plus malheureux que vous.

(Alarmes, excursions. La reine Marguerite, le prince de Galles et Exeter.)

LE PRINCE DE GALLES.--Fuyez, mon père, fuyez! tous nos amis sont dispersés, et Warwick tempête comme un taureau irrité. Sauvons-nous; c'est nous que la mort poursuit.

MARGUERITE.--Montez à cheval, milord, et courez à toute bride vers Berwick. Édouard et Richard, comme une couple de lévriers qui voient de loin fuir le lièvre timide, sont sur nos épaules, les yeux enflammés et étincelants de rage; leur main furieuse serre un fer sanglant; hâtons-nous donc de quitter ces lieux.

EXETER.--Fuyons; la vengeance les accompagne.--Ne perdez pas le temps en représentations, faites diligence, ou bien suivez-moi, je vais partir devant.

LE ROI.--Non, emmenez-moi avec vous, mon cher Exeter: non pas que je craigne de rester ici; mais j'aime à aller où le veut la reine. Allons, partons.

(Ils sortent.)

SCÈNE VI

Bruyante alarme. Entre CLIFFORD *blessé.*

CLIFFORD.--C'est ici que le flambeau de ma vie va s'éteindre; ici qu'il va mourir, ce flambeau qui, tant qu'il a duré, a éclairé les pas du roi Henri! O Lancastre! je m'effraye de ta chute, bien plus que de la séparation de mon âme et de mon corps. Par mon zèle et par la crainte, je t'avais attaché bien des amis; mais maintenant que je tombe, ton parti sans consistance va se dissoudre, et l'affaiblissement de Henri va augmenter la force du superbe York. Le peuple grossier se rassemble comme en été le font les mouches, et où volent les mouches, si ce n'est vers le soleil? Et qui brille maintenant, sinon les ennemis de Henri? O Phébus! si tu n'avais jamais consenti que Phaéton gouvernât tes fougueux coursiers, jamais ton char enflammé n'eût embrasé la terre! Et toi, Henri, si tu avais su régner en roi, régner comme ton aïeul et ton père ont régné, ne donnant jamais de prise à la maison d'York, on ne l'eût pas vu s'élever, ce nuage de mouches d'été. Et moi, non plus que dix mille autres, n'aurions pas laissé notre mort à pleurer à nos veuves! Et toi, tu posséderais aujourd'hui en paix ta couronne! car qui fait croître les mauvaises herbes, sinon la douceur de l'air? qui enhardit les brigands, sinon l'excès de la clémence?--Mais les plaintes sont superflues, et mes blessures sont incurables. Point de chemin pour fuir, point de force pour aider à la fuite. L'ennemi est inexorable, il n'aura nulle pitié; et de sa part je n'ai pas mérité de pitié. L'air est entré dans mes blessures mortelles, une plus abondante effusion de sang me fait défaillir.--Venez, York et Richard, et Warwick et tous les autres: j'ai percé le coeur de vos pères, venez percer le mien.

(Il s'évanouit.)

(Alarmes et retraite. Entrent Édouard, George, Richard, Montaigu, Warwick, et une partie de l'armée.)

ÉDOUARD.--Respirons maintenant, milords; notre bonne fortune nous permet un instant de repos, et de ses paisibles regards adoucit le front menaçant de la guerre. Un détachement poursuit cette reine sanguinaire, qui conduit le tranquille Henri, tout roi qu'il est comme une voile, enflée par un vent impétueux, conduit avec puissance un large navire à travers les flots qui le combattent.--Mais pensez-vous, lords, que Clifford ait fui avec eux?

WARWICK.--Non: il est impossible qu'il ait échappé. Votre frère Richard, je le dirai, quoiqu'il soit ici présent, l'a marqué pour le tombeau; et quelque part qu'il puisse être, il est sûrement mort.

(Clifford pousse un gémissement et meurt.)

ÉDOUARD.--Quelle est l'âme qui vient de prendre de nous ce triste congé?

RICHARD.--C'est un gémissement semblable à celui de la mort au moment où l'âme et le corps se séparent.

ÉDOUARD.--Voyez qui c'est; et à présent que la bataille est finie, ami ou ennemi, qu'on le traite avec douceur.

RICHARD.--Révoque cet ordre de clémence; car c'est Clifford, qui, non content d'avoir, en abattant Rutland, coupé la branche dont les feuilles commençaient à se développer, a enfoncé son couteau meurtrier jusque dans la racine d'où s'élevait gracieusement cette tendre tige, a égorgé notre auguste père le duc d'York.

WARWICK.--Allez; qu'on ôte la tête élevée sur les portes d'York, la tête de votre père, que Clifford y a fait mettre, et que la sienne l'y remplace: il faut lui rendre la pareille.

ÉDOUARD.--Qu'on m'apporte cet oiseau de mauvais augure pour ma maison, qui n'a jamais fait entendre à nous et aux nôtres que des chants de mort. Enfin la mort étouffe ses menaçants et sinistres accents, et cette bouche qui ne prédisait que le malheur a perdu la parole.

(On apporte le corps de Clifford.)

WARWICK.--Je crois qu'il n'a plus l'usage de ses sens.--Réponds, Clifford: connais-tu celui qui te parle?--Le nuage épais de la mort obscurcit en lui les rayons de la vie: il ne nous voit point, il n'entend point ce que nous lui disons.

RICHARD.--Oh! que ne peut-il nous voir et nous entendre! Mais peut-être en est-il ainsi, et n'est-ce qu'une feinte habile pour se soustraire aux insultes qu'il a fait subir à notre père au moment de sa mort.

GEORGE.--Si tu le crois, tourmente-le de tes mots piquants.

RICHARD.--Clifford, demande grâce, pour ne pas l'obtenir.

ÉDOUARD.--Clifford, repens-toi, pour te repentir en vain.

WARWICK.--Clifford, cherche des excuses pour tes offenses.

GEORGE.--Tandis que nous cherchons des tourments pour t'en punir.

RICHARD.--Tu aimas York, et je suis le fils d'York.

ÉDOUARD.--Tu sentis la pitié pour Rutland, j'en aurai pour toi.

GEORGE.--Où est le général Marguerite pour vous défendre maintenant?

WARWICK.--Ils t'insultent, Clifford: réponds-leur par tes imprécations familières.

RICHARD.--Quoi! pas une imprécation? Allons, tout va mal, quand Clifford ne peut pas garder une seule imprécation pour ses amis. A cela je reconnais qu'il est mort; et, j'en jure par mon âme, s'il ne fallait que le sacrifice de ma main droite pour te racheter deux heures de vie, où je pusse, au gré de ma haine, t'accabler de mes outrages, je la couperais; et du sang qui en sortirait, j'étoufferais l'infâme dont la soif insatiable n'a pu être assouvie par celui d'York et du jeune Rutland.

WARWICK.--Oui, mais il est mort. Coupez la tête du traître, et élevez-la à la place où est celle de votre père. (*A Édouard.*) A présent, marchons en triomphe vers Londres, pour t'y voir couronner roi de l'Angleterre. De là Warwick fendra les mers de France, et ira demander la princesse *Bonne* pour ton épouse. Par ce noeud, les deux pays seront unis l'un à l'autre; et quand tu auras la France pour amie, tu ne craindras plus les ennemis maintenant dispersés, qui espèrent se relever encore; car bien que leur dard ne puisse plus blesser à mort, cependant attends-toi à les entendre encore bourdonner et importuner tes oreilles. Je veux d'abord te voir couronner; et ensuite, si c'est le bon plaisir de mon seigneur, je traverserai les mers de la Bretagne, pour conclure ce mariage.

ÉDOUARD.--Qu'il en soit, cher Warwick, ainsi que tu le voudras; car c'est toi dont les épaules vont soutenir mon trône, et jamais je n'entreprendrai la chose que tu n'auras pas conseillée ou consentie.--Richard, je vais te créer duc de Glocester; et toi, George, duc de Clarence. --Warwick, comme nous-même, tu feras et déferas à ton gré.

RICHARD.--Que je sois plutôt duc de Clarence, et George duc de Glocester; car le duché de Glocester est trop fatal.

WARWICK.--Allons donc, cette remarque est d'un enfant.--Richard, sois duc de Glocester.--Maintenant, marchons vers Londres, pour vous voir prendre possession de tous ces honneurs.

FIN DU SECOND ACTE.

ACTE TROISIÈME

SCÈNE I

Une forêt de chasse dans le nord de l'Angleterre.

Entrent DEUX GARDES-CHASSE *armés d'arbalètes.*

PREMIER GARDE-CHASSE.--Il faut nous cacher dans cet épais bocage, car bientôt le daim viendra au travers de la clairière; et nous resterons à l'affût sous le couvert, pour choisir des yeux le plus beau du troupeau.

SECOND GARDE-CHASSE.--Moi, je resterai sur la hauteur et ainsi nous pourrons tirer tous deux.

PREMIER GARDE-CHASSE.--Cela ne se peut pas: le bruit de ton arbalète effarouchera le troupeau, et mon coup sera perdu: restons ici tous les deux, et visons le meilleur de la troupe; et, pour passer le temps sans ennui, je te conterai ce qui m'est arrivé un jour, à cette même place où nous allons nous poster aujourd'hui.

SECOND GARDE-CHASSE.--Je vois venir un homme: demeurons jusqu'à ce qu'il soit passé.

(Entre le roi Henri déguisé, un livre de prières à la main.)

LE ROI.--Je me suis dérobé de l'Écosse par pure tendresse pour ma patrie, et pour la saluer encore de mes regards avides de la revoir. Non, Henri! Henri! cette terre n'est plus à toi: ta place est remplie, ton sceptre est arraché de tes mains, et le baume qui te consacra est effacé. Nul genou fléchi ne reconnaîtra ton empire, d'humbles solliciteurs ne se presseront plus sur tes pas pour t'exposer leurs droits: nul homme n'aura recours à toi pour obtenir justice; car, comment pourrais-je assister les autres, moi qui ne peux pas m'aider moi-même?

PREMIER GARDE-CHASSE.--Hé! voici un daim dont la peau sera bien payée au garde-chasse: c'est le ci-devant roi [8]; saisissons-nous de lui.

Note 8: (retour) The quondam king.

LE ROI.--Acceptons avec résignation ces cruelles adversités; car les sages disent que c'est le meilleur parti.

SECOND GARDE-CHASSE.--Que tardons-nous? Mettons la main sur lui.

PREMIER GARDE-CHASSE.--Attends encore: écoutons-le parler un moment.

LE ROI.--La reine et mon fils sont allés en France implorer des secours; et, suivant ce que j'apprends, le tout-puissant Warwick y est allé aussi demander la soeur du roi de France, pour épouse d'Édouard. Si cette nouvelle est vraie, pauvre reine, et toi, mon fils, vous avez perdu vos peines; car Warwick est un adroit orateur, et Louis un prince facile à gagner par des paroles éloquentes: ainsi, ce qui va arriver, c'est que Marguerite pourra d'abord intéresser le roi; car c'est une femme bien faite pour exciter la compassion; ses soupirs porteront une atteinte au coeur du prince: ses larmes pénétreraient un coeur de marbre, le tigre s'adoucirait à la vue de son affliction, et Néron serait touché de pitié s'il entendait, s'il voyait ses plaintes et ses larmes amères. Oui, mais elle vient pour demander, et Warwick pour donner. Elle est à la gauche du roi, implorant du secours pour Henri; et Warwick à la droite, demandant une épouse pour Édouard. Elle pleure, elle dit que son Henri est déposé. Warwick sourit, et annonce que son Édouard est couronné, à la fin, pauvre malheureuse, la douleur lui ôte la force de parler! tandis que Warwick expose les titres d'Édouard, pallie ses injustices, accumule de puissants arguments, et finit par détacher, d'elle le roi qui promet sa soeur, et tout ce qu'on voudra, à l'appui du roi Édouard et de son trône. O Marguerite! voilà ce qui va t'arriver. Et toi, pauvre créature, tu seras rejetée parce que tu es venue délaissée.

SECOND GARDE-CHASSE.--Dis; qui es-tu, toi, qui parles de rois et de reines?

LE ROI.--Plus que je ne parais, et moins que je ne devais être par ma naissance. Je suis un homme du moins, car je ne puis être moins. Les hommes peuvent parler des rois; pourquoi ne le pourrais-je?

SECOND GARDE-CHASSE.--Oui; mais tu parles comme si tu étais toi-même un roi.

LE ROI.--Eh bien! je le suis: en pensée, c'est tout ce qu'il faut.

SECOND GARDE-CHASSE.--Mais si tu es un roi, où est ta couronne?

LE ROI.--Ma couronne est dans mon coeur, et non pas sur ma tête. Elle n'est point ornée de diamants ni de pierres venues de l'Inde. On ne la voit point: ma couronne s'appelle contentement; c'est une couronne que les rois possèdent rarement.

SECOND GARDE-CHASSE.--Eh bien! si vous êtes un roi couronné de contentement, votre couronne, le contentement et vous, voudrez bien trouver votre contentement à nous suivre; car, comme nous présumons que vous êtes ce roi que le roi Édouard a déposé, comme nous sommes ses sujets, et que nous lui avons juré obéissance, nous vous arrêtons comme son ennemi.

LE ROI.--Mais n'avez-vous jamais fait de serment que vous ayez ensuite violé?

SECOND GARDE-CHASSE.--Non, jamais un serment de cette espèce, et nous ne commencerons pas aujourd'hui.

LE ROI.--Où habitiez-vous lorsque j'étais roi d'Angleterre?

SECOND GARDE-CHASSE.--Ici dans ce pays, où nous demeurons aujourd'hui.

LE ROI.--Je fus sacré roi à l'âge de neuf mois. Mon père et mon grand-père furent rois, et vous avez juré d'être mes fidèles sujets; répondez à présent: n'avez-vous pas violé vos serments?

PREMIER GARDE-CHASSE.--Non, car nous n'avons pu être vos sujets qu'autant que vous étiez roi.

LE ROI.--Eh quoi, suis-je mort? Ne suis-je pas un homme en vie? Ah! pauvres gens, vous ne savez pas ce que vous jurez! Voyez, comme d'un souffle j'écarte cette plume de mon visage, et comme l'air me la renvoie; obéissant à mon haleine, quand elle sort de ma bouche, cédant à un autre souffle quand il se fait sentir, et toujours maîtrisée par le vent le plus fort: telle est votre légèreté, hommes vulgaires. Mais ne violez pas vos serments: mes douces représentations ne tendent point à vous rendre coupables de ce péché. Allez où vous voudrez, le roi se laissera commander. Soyez rois, ordonnez, et j'obéirai.

PREMIER GARDE-CHASSE.--Nous sommes les fidèles sujets du roi, du roi Édouard.

LE ROI.--Et vous redeviendriez de même les sujets de Henri, si Henri était à la place où est le roi Édouard.

PREMIER GARDE-CHASSE.--Nous vous sommons, au nom de Dieu et du roi, de venir avec nous devant nos officiers.

LE ROI.--Au nom de Dieu, je suis prêt à vous suivre; que le nom de votre roi soit obéi! Que votre roi accomplisse la volonté de Dieu, et moi je me soumets humblement à sa volonté.

(Ils sortent.)

SCÈNE II

A Londres, un appartement dans le palais.

Entrent LE ROI ÉDOUARD, RICHARD, DUC DE GLOCESTER, CLARENCE ET LADY GREY.

LE ROI ÉDOUARD.--Mon frère Glocester, le mari de cette dame, sir John Grey, a été tué à la bataille de Saint-Albans. Ses terres ont ensuite été confisquées par le vainqueur. La demande de sa veuve aujourd'hui, c'est de rentrer en possession de ces terres. Nous ne pouvons en bonne justice les lui refuser, car c'est pour la querelle de la maison d'York 2 que ce brave gentilhomme a perdu la vie.

Note 9: (retour) Ce fut au contraire pour la cause de la maison de Lancastre que sir John Grey combattit à la seconde bataille de Saint-Albans, où il fut tué. Ses biens avaient été saisis par Édouard lui-même, après la bataille de Towton. Ce fait est rapporté conformément à l'histoire dans *Richard III*.

GLOCESTER.--Votre Grandeur fera très-bien de lui accorder sa requête: il serait honteux de la refuser.

LE ROI ÉDOUARD.--Oui, honteux.--Mais cependant je veux différer encore un moment.

GLOCESTER, *à part, à Clarence.*--Oui: en est-il ainsi? Je vois que la dame aura quelque chose à accorder avant que le roi lui accorde son humble demande.

CLARENCE, *à part.*--Il n'est pas novice; comme il sait prendre le vent!

GLOCESTER, *à part.*--Silence!

LE ROI ÉDOUARD.--Veuve, nous examinerons votre requête. Revenez dans quelque temps savoir nos intentions.

LADY GREY.--Très-gracieux seigneur, je ne puis supporter de délais: qu'il plaise à Votre Majesté de me donner à présent sa décision; et, quel que puisse être votre bon plaisir, je m'en contenterai.

GLOCESTER, *à part.*--Vraiment, veuve? je vous garantis bien que vous aurez toutes vos terres, si ce qui lui plaira vous plaît aussi.--Combattez plus serré, ou, sur ma parole, vous attraperez quelque coup.

CLARENCE, *à part.*--Je ne crains rien pour elle, à moins d'une chute.

GLOCESTER, *à part.*--Dieu l'en préserve! car il prendrait son avantage.

LE ROI ÉDOUARD.--Dis-moi, veuve, combien as-tu d'enfants?

CLARENCE, *à part.*--Je crois qu'il a intention de lui demander un enfant.

GLOCESTER, *à part.*--Allons donc; je veux être fustigé s'il ne lui en donne plutôt deux.

LADY GREY.--Trois, mon gracieux seigneur.

GLOCESTER, *à part.*--Vous en aurez quatre, si vous voulez vous laisser gouverner par lui.

LE ROI ÉDOUARD.--Ce serait pitié qu'ils perdissent le patrimoine de leur père.

LADY GREY.--Laissez-vous donc attendrir, auguste souverain, et accordez-moi cette grâce.

LE ROI ÉDOUARD.--Lords, retirez-vous à l'écart: je veux éprouver le jugement de cette veuve.

GLOCESTER.--Libre à vous; car vous en aurez toute liberté jusqu'à ce que la jeunesse prenne la liberté de vous quitter, et ne vous laisse plus que la liberté des béquilles.

LE ROI ÉDOUARD.--A présent, dites-moi, madame, aimez-vous vos enfants?

LADY GREY.--Oui; aussi chèrement que moi-même.

LE ROI ÉDOUARD.--Et ne feriez-vous pas beaucoup pour leur bien?

LADY GREY.--Pour leur bien, je saurais supporter quelque mal.

LE ROI ÉDOUARD.--Travaillez donc; regagnez les terres de votre mari pour le bien de vos enfants.

LADY GREY.--C'est pour cela que je suis venue trouver Votre Majesté.

LE ROI ÉDOUARD.--Je vous dirai le moyen de rentrer dans la possession de ces biens.

LADY GREY.--Ce sera m'attacher pour toujours au service de Votre Majesté.

LE ROI ÉDOUARD.--Et quel genre de service puis-je attendre de toi si je te les donne?

LADY GREY.--Tout ce que vous commanderez, et qui sera en mon pouvoir.

LE ROI ÉDOUARD.--Vous allez faire des objections à ce que je vais vous proposer.

LADY GREY.--Non, mon gracieux seigneur, à moins que la chose ne me soit impossible.

LE ROI ÉDOUARD.--Tu en feras, quoique tu puisses faire ce que j'ai envie de te demander.

LADY GREY.--Certainement alors je ferai ce que me commandera Votre Grâce.

GLOCESTER, *à part.*--Il la presse vivement; à force de pluie le marbre finit par s'user.

CLARENCE, *à part.*--Il est rouge comme le feu: il faudra bien que la cire finisse par se fondre.

LADY GREY.--Eh bien! qui arrête Votre Majesté? Ne me fera-t-elle point connaître ma tâche?

LE ROI ÉDOUARD.--C'est une tâche aisée; il ne s'agit que d'aimer un roi.

LADY GREY.--Cela est bien simple, puisque je suis votre sujette.

LE ROI ÉDOUARD.--Eh bien, je te donne de grand coeur les terres de ton mari.

LADY GREY.--Je prends congé de Votre Majesté, en lui rendant mes humbles grâces.

GLOCESTER, *à part.*--Le marché est conclu: elle le ratifie par une révérence.

LE ROI ÉDOUARD.--Non, demeure: ce que j'entends, ce sont les fruits de l'amour.

LADY GREY.--Et ce sont aussi les fruits de l'amour que j'entends, mon bien-aimé souverain.

LE ROI ÉDOUARD.--Oui; mais je crains bien que ce ne soit dans un autre sens. Quel amour crois-tu que je sollicite de toi, avec tant d'ardeur?

LADY GREY.--Mon amour jusqu'à la mort, ma reconnaissance, mes prières; cet amour, en un mot, que peut demander la vertu, et que la vertu peut accorder.

LE ROI ÉDOUARD.--Non, sur ma foi, ce n'est pas d'un tel amour que j'entends parler.

LADY GREY.--Ce que vous entendez n'est donc pas ce que je croyais?

LE ROI ÉDOUARD.--Mais à présent vous devez entrevoir ce que j'ai dans l'âme.

LADY GREY.--Jamais mon âme n'accordera ce qui fait le but de vos désirs, s'il est vrai que j'aie touché le but.

LE ROI ÉDOUARD.--Pour te parler sans détour, j'aspire à ton lit [10].

To tell thee plain, I aim to lie with thee.

--To tell you plain, I had rather lie in prison.

LADY GREY.--Pour vous répondre sans détour, j'aimerais mieux coucher en prison.

LE ROI ÉDOUARD.--En ce cas, tu n'auras pas les terres de ton mari.

LADY GREY.--Eh bien, mon honneur sera mon douaire; car je ne les rachèterai pas à ce prix.

LE ROI ÉDOUARD.--Tu fais par là grand tort à tes enfants.

LADY GREY.--Par là, Votre Majesté fait tort en même temps à eux et à moi. Mais, puissant seigneur, ce désir folâtre ne s'accorde guère avec la tristesse de ma requête; veuillez me congédier avec un oui ou un non.

LE ROI ÉDOUARD.--Oui, si tu dis oui à ma requête; non, si tu dis non à ma demande.

LADY GREY.--En ce cas, non, mon seigneur; et je n'ai rien à vous demander.

GLOCESTER, *à part.*--La veuve ne le goûte pas: elle fronce le sourcil.

CLARENCE, *à l'écart.*--C'est le galant le plus gauche de toute la chrétienté.

LE ROI ÉDOUARD, *à part.*--Ses regards annoncent qu'elle est remplie de vertu; ses discours décèlent un esprit incomparable. Ses perfections réclament un trône; de façon ou d'autre, elle est faite pour un roi; elle sera ou ma maîtresse, ou reine de mon royaume. (*Haut.*) Que dirais-tu si le roi Édouard te choisissait pour reine?

LADY GREY.--Cela est plus facile à dire qu'à faire, mon gracieux seigneur. Je suis une sujette faite pour souffrir vos plaisanteries, mais nullement faite pour devenir souveraine.

LE ROI ÉDOUARD.--Aimable veuve, je te jure, par ma grandeur, que je n'en dis pas plus que je n'ai dessein de faire. Il faut que tu sois à moi.

LADY GREY.--Et c'est beaucoup plus que je ne puis consentir: je sais que je suis trop peu de chose pour que vous me fassiez reine; et cependant de trop bon lieu pour être votre concubine.

LE ROI ÉDOUARD.--C'est une mauvaise chicane que tu me fais; je veux dire que tu seras reine.

LADY GREY.--Il serait désagréable à Votre Grâce d'entendre mes enfants vous appeler leur père.

LE ROI ÉDOUARD.--Pas plus que d'entendre mes filles t'appeler leur mère. Tu es veuve, et tu as quelques enfants: et, par la mère de Dieu! moi, quoique garçon, j'en ai quelques-uns aussi. Et vraiment, c'est un bonheur d'être père de plusieurs enfants. Ne me réplique plus, car tu seras ma femme.

GLOCESTER, *à part.*--Le saint père a achevé sa confession.

CLARENCE, *à part.*--Il ne s'est fait confesseur que pour séduire la pénitente.

LE ROI ÉDOUARD.--Mes frères, vous cherchez à deviner ce que nous avons pu nous dire?

GLOCESTER.--Cela ne plaît pas à la veuve, car elle a l'air triste.

LE ROI ÉDOUARD.--Vous seriez bien surpris si nous allions nous marier?

CLARENCE.--A qui, seigneur?

LE ROI ÉDOUARD.--Eh mais, ensemble, Clarence.

GLOCESTER.--On en aurait au moins pour dix jours à s'étonner.

CLARENCE.--Ce serait un jour de plus que ne dure d'ordinaire un étonnement [11].

Note 11: (retour) Allusion au proverbe anglais: *un étonnement ne dure pas plus de neuf jours.*

GLOCESTER.--Mais aussi l'étonnement serait-il des plus grands.

LE ROI ÉDOUARD.--Fort bien, plaisantez, mes frères. Je puis vous dire à tous deux que sa requête pour les biens de son mari lui est accordée.

(Entre un lord.)

LE LORD.--Mon gracieux seigneur, Henri, votre ennemi, est pris, et amené prisonnier à la porte de votre palais.

LE ROI ÉDOUARD.--Faites-le conduire à la Tour.--Et nous, mes frères, allons interroger l'homme qui l'a pris, pour apprendre les circonstances de cet événement. Allez, veuve.--Lords, traitez-la honorablement.

(Sortent le roi, lady Grey, Clarence et le lord.)

RICHARD.--Oui, Édouard traitera les dames honorablement.--Que n'est-il épuisé jusqu'à la moelle des os, et hors d'état de voir sortir de ses reins aucun rejeton capable de fonder des espérances, et de m'empêcher d'arriver à ce temps heureux auquel j'aspire! Et cependant, quand même le titre du voluptueux Édouard serait enseveli sous la terre, il reste encore, entre le désir de mon âme et moi, Clarence, Henri, et son fils le jeune Édouard, et toute la race inconnue qui peut encore sortir de leur sein, pour remplir le trône avant que je parvienne à m'y placer; fâcheuse perspective pour mes projets! Ainsi, je ne fais que rêver la royauté; comme un homme qui, placé sur le sommet d'un promontoire, porte sa vue sur le rivage éloigné qu'il voudrait fouler sous ses pas, désirant que son pied pût suivre ses yeux, maudissant la mer qui l'en sépare, et parlant de la mettre à sec pour s'ouvrir un passage. Voilà comme je désire la couronne, à cette distance, m'irritant contre les obstacles qui m'en séparent; et de même, me flattant de succès impossibles, je me dis que je les renverserai. Mon oeil est trop perçant, mon coeur trop présomptueux, si ma main et mes forces ne peuvent pas y répondre.--Mais s'il est une fois dit qu'il n'y ait point de royaume à espérer pour Richard, alors quel autre bien le monde peut-il m'offrir? Je chercherai mon paradis dans les bras d'une femme, j'ornerai mon corps d'une parure élégante, et je captiverai par mes paroles et mes regards le coeur des jeunes beautés? O pensée cruelle! ressource plus impossible pour moi que de me procurer vingt couronnes brillantes! Quoi! l'amour m'a renoncé dans le sein même de ma mère; et pour m'exclure à jamais de son doux empire, il a suborné la fragile nature, et l'a engagée à rétrécir mon bras amaigri comme un arbrisseau desséché, à placer sur mon dos une odieuse éminence, où s'assied la difformité pour insulter à mon corps; à former mes jambes d'une inégale longueur, faisant de moi un tout sans aucune proportion, une espèce de chaos semblable au petit que l'ourse n'a pas encore léché, et qui n'apporte en naissant aucun trait de sa mère? Suis-je un homme fait pour être aimé? Oh! quelle absurde erreur que de nourrir une pareille pensée!--Eh bien, puisque ce monde ne m'offre aucun plaisir que celui de commander, de gouverner, de dominer ceux dont la figure est plus heureuse que la mienne, mon ciel à moi sera de rêver à la couronne et de regarder, tant que je vivrai, ce monde comme un enfer pour moi, jusqu'à ce que ma tête, que porte ce tronc contrefait soit ceinte d'une brillante couronne... Et cependant je ne sais comment atteindre cette couronne: tant de vies s'interposent entre elle et moi!... Et moi, comme un voyageur perdu dans un bois épineux, brisant les épines, déchiré par elles, cherchant un chemin, et s'écartant du chemin, sans savoir comment parvenir aux lieux découverts, mais travaillant en désespéré pour en retrouver la route, je me tourmente sans relâche pour saisir la couronne d'Angleterre. Je m'affranchirai de ce tourment, je me frayerai un chemin avec une hache sanglante. Eh quoi! ne sais-je pas sourire, et égorger en souriant, me récrier de joie sur ce qui me met le chagrin au coeur, mouiller mes joues de larmes artificieuses, et accommoder mes traits à toutes les circonstances? Je saurai submerger plus de nautoniers que la sirène, tuer de mes regards plus d'hommes que le basilic; je puis prêcher aussi bien que Nestor, tromper avec plus d'art qu'Ulysse, et, comme un autre Sinon, je gagnerai une autre Troie; je possède plus de couleurs que le caméléon; je puis pour mes intérêts changer de plus de formes que Protée, et faire la leçon au sanguinaire Machiavel. Je puis tout cela, et je pourrais gagner une couronne! Allons donc; fut-elle encore plus loin, je m'en emparerai.

(Il sort.)

SCÈNE III

En France.--Un appartement dans le palais.

Fanfares. Entrent LE ROI DE FRANCE, LA PRINCESSE BONNE, *suite*, LE ROI *monte sur son trône, et ensuite entrent* LA REINE MARGUERITE, LE PRINCE ÉDOUARD *son fils*, ET LE COMTE D'OXFORD.

LE ROI LOUIS, *se levant*.--Belle reine d'Angleterre, illustre Marguerite, assieds-toi avec nous: il ne convient pas à ton rang ni à ta naissance que tu sois debout, tandis que Louis est assis.

MARGUERITE.--Non, puissant roi de France: Marguerite doit maintenant baisser pavillon, et apprendre à obéir quand un roi commande. J'étais, je l'avoue, dans des jours plus heureux, la reine de la grande Albion; mais aujourd'hui la fortune contraire a foulé aux pieds mon titre, et m'a laissée avec ignominie sur la poussière, où il faut que je prenne une place conforme à ma fortune, et me conforme moi-même à cette humble situation.

LE ROI LOUIS.--Que dis-tu, belle reine? d'où provient ce profond désespoir?

MARGUERITE.--D'une cause qui remplit mes yeux de larmes, qui étouffe ma voix, en même temps que mon coeur est noyé dans les soucis.

LE ROI LOUIS.--Quoi qu'il en soit, demeure semblable à toi-même et prends place à nos côtés. (Il la fait asseoir près de lui.) Ne courbe pas la tête sous le joug de la fortune; et que ton âme invincible s'élève triomphante au-dessus de tous les malheurs. Explique-toi, reine Marguerite, et dis-nous tes chagrins; ils seront soulagés, si le remède est au pouvoir de la France.

MARGUERITE.--Ces gracieuses paroles raniment mon courage abattu et rendent à ma langue enchaînée le pouvoir de t'exposer mes malheurs. Sache donc, généreux Louis, que Henri, seul possesseur de ma tendresse, de roi qu'il était, n'est plus qu'un banni, et forcé de vivre en Écosse dans l'abandon, tandis que l'ambitieux Édouard, l'orgueilleux duc d'York, usurpe le titre royal, et le trône du roi légitime et consacré de l'Angleterre. Voilà ce qui m'a obligé, moi, pauvre Marguerite,... à venir avec mon fils, le prince Édouard, l'héritier de Henri, implorer tes justes et légitimes secours; si tu nous abandonnes, il ne nous reste plus d'espérance. L'Écosse est disposée à nous appuyer, mais elle n'en a pas le pouvoir: notre peuple et nos pairs sont sortis du devoir, nos trésors saisis, nos soldats mis en fuite; et nous-mêmes, comme tu le vois, réduits à une situation déplorable.

LE ROI LOUIS.--Illustre reine, conjure l'orage à force de patience, tandis que nous allons songer aux moyens de le dissiper.

MARGUERITE.--Plus nous tardons, et plus notre ennemi accroît sa force.

LE ROI LOUIS.--Plus je diffère, et plus mes secours seront efficaces.

MARGUERITE.--Oh! l'impatience est la seule compagne d'un chagrin véritable.--Et tenez, voilà l'auteur de mes chagrins.

(Entre Warwick avec sa suite.)

LE ROI LOUIS.--Qui vient ainsi se présenter hardiment devant nous?

MARGUERITE.--C'est le comte de Warwick, le plus puissant ami d'Édouard.

LE ROI LOUIS, *en descendant de son trône. Marguerite se lève.*--Sois le bienvenu, brave Warwick! Quel sujet t'amène en France?

MARGUERITE.--Voilà un nouvel orage qui commence à s'élever, car c'est là l'homme qui gouverne les vents et les flots.

WARWICK.--Je viens de la part du digne Édouard, roi d'Albion, mon seigneur et maître, et ton ami dévoué, saluer d'abord ta royale personne, avec toute l'affection d'une amitié sincère, et ensuite te demander un traité d'alliance; enfin je viens en assurer les noeuds par le noeud de l'hymen, si tu consens à accorder la princesse Bonne, ta belle et vertueuse soeur, en légitime mariage au roi d'Angleterre.

MARGUERITE.--Si cela réussit, plus d'espérance pour Henri.

WARWICK, *à la princesse Bonne.*--Et vous, gracieuse dame, je suis chargé, par mon roi, et en son nom, de vous demander la faveur et la permission de vous baiser humblement la main, et de vous faire connaître par mes discours la passion qui s'est emparée du coeur de mon souverain. La renommée, en frappant dernièrement ses oreilles attentives, vient de placer dans son âme l'image de votre beauté et de vos vertus.

MARGUERITE.--Roi Louis, et vous, princesse, écoutez-moi avant de répondre à Warwick; ce n'est point d'un chaste et pur amour que vous vient la demande d'Édouard, mais de l'artifice, enfant de la nécessité; car comment les tyrans peuvent-ils régner tranquillement s'ils n'acquièrent au dehors des alliances puissantes? Pour prouver qu'il est un tyran, il suffit de ceci: Henri vit encore; et quand il serait mort, voilà le prince Édouard, le fils de Henri. Songe donc, Louis, à ne pas attirer sur toi, par cette ligue et ce mariage, les dangers et l'opprobre: les usurpateurs peuvent bien retenir un moment la domination; mais le ciel est juste, et le temps renverse l'injustice.

WARWICK.--Outrageante Marguerite!

LE PRINCE ÉDOUARD.--Pourquoi pas reine?

WARWICK.--Parce que ton père Henri était un usurpateur; et tu n'es pas plus prince qu'elle n'est reine.

OXFORD.--Ainsi Warwick anéantit l'illustre Jean de Gaunt, qui subjugua la plus grande partie de l'Espagne; et après Jean de Gaunt, Henri IV, dont la sagesse fut le miroir des sages; et après ce sage prince, Henri V, dont la valeur conquit toute la France: c'est d'eux que descend en ligne directe notre Henri.

WARWICK.--Et comment se fait-il, Oxford, que dans cet élégant discours vous n'ayez pas dit aussi comment Henri VI a perdu tout ce qu'avait conquis Henri V? J'imagine que les pairs de France qui vous entendent souriraient à ce souvenir; mais passons.--Vous nous exposez une généalogie de soixante-deux années. C'est bien peu pour prescrire des droits au trône.

OXFORD.--Quoi, Warwick! peux-tu bien parler aujourd'hui contre ton souverain, à qui tu as obéi pendant trente-six ans, sans révéler ta trahison par ta rougeur?

WARWICK.--Et Oxford, qui a toujours tiré l'épée pour le bon droit, peut-il faire servir une vaine généalogie à la défense d'un faux titre? Pour votre honneur laissez là Henri, et reconnaissez Édouard pour roi.

OXFORD.--Reconnaître pour mon roi celui dont l'inique jugement a mis à mort mon frère aîné, le lord Aubrey de Vere? bien plus encore! a fait périr mon père, sur le déclin de sa vie déjà affaiblie, lorsque la nature le conduisait aux portes du trépas? Non, Warwick, non. Tant que la vie soutiendra ce bras, ce bras soutiendra la maison de Lancastre.

WARWICK.--Et moi, la maison d'York.

LE ROI LOUIS.--Reine Marguerite, prince Édouard, et vous, Oxford, daignez, à notre prière, vous retirer un moment à l'écart, et me laisser conférer encore quelques instants avec Warwick.

MARGUERITE.--Veuille le ciel que les paroles de Warwick ne le séduisent pas!

(Ils s'écartent avec le prince et Oxford.)

LE ROI LOUIS.--Maintenant, Warwick, dis sur ta conscience: Édouard est-il votre véritable roi? Car il me répugnerait de me lier avec un roi qui ne serait pas légitimement élu.

WARWICK.--J'en réponds sur mon honneur et ma réputation.

LE ROI LOUIS.--Mais est-il agréable aux yeux de son peuple?

WARWICK.--D'autant plus agréable que Henri ne l'était pas.

LE ROI LOUIS.--Passons à un autre article. Laissant de côté toute dissimulation, dites-moi avec vérité jusqu'à quel point il aime notre soeur Bonne?

WARWICK.--Son amour se montre comme il convient à un monarque tel que lui.--Moi-même je lui ai souvent entendu dire et protester que cet amour était une plante immortelle dont les racines étaient fixées dans le sol de la vertu, les feuilles et les fruits nourris par le soleil de la beauté, et qui ne pouvait manquer de donner des fleurs et des fruits heureux; au-dessus de la jalousie, mais qui ne résisterait pas au dédain si la princesse Bonne ne payait pas de retour ses tourments.

LE ROI LOUIS.--Maintenant, ma soeur, apprenez-nous quelles sont vos dernières résolutions.

LA PRINCESSE BONNE.--Soit consentement, soit refus, votre réponse sera la mienne.--Cependant (*s'adressant à Warwick*), je l'avouerai, souvent avant ce jour, lorsque j'entendais raconter les mérites de votre roi, mon oreille n'a pas laissé ma raison étrangère à quelque désir.

LE ROI LOUIS.--Voici donc ma réponse, Warwick:--Notre soeur sera l'épouse d'Édouard, et à l'instant même on va dresser les articles, et stipuler le douaire que doit accorder votre roi; il doit être proportionné à la dot qu'elle lui portera.--Approchez, reine Marguerite, et soyez témoin que nous accordons la princesse Bonne pour épouse au roi d'Angleterre.

LE PRINCE ÉDOUARD.--A Édouard, et non pas au roi d'Angleterre.

MARGUERITE.--Artificieux Warwick, c'est toi qui as imaginé cette alliance pour faire échouer ma demande: avant ton arrivée, Louis était l'ami de Henri.

LE ROI LOUIS.--Et Louis est encore l'ami de Henri et de Marguerite. Mais si votre titre à la couronne est faible, comme on a lieu de le croire d'après l'heureux succès d'Édouard, il est juste alors que je sois dispensé de vous donner les secours que je vous avais promis; mais vous recevrez de moi tout l'accueil qui convient à votre rang, et que le mien peut vous accorder.

WARWICK.--Henri vit maintenant en Écosse tout à son aise: n'ayant rien, il ne peut rien perdre.--Et quant à vous, notre ci-devant reine, vous avez un père en état de vous soutenir; il vaudrait mieux être à sa charge qu'à celle de la France.

MARGUERITE.--Tais-toi, impudent et déhonté Warwick, orgueilleux faiseur et destructeur de rois! Je ne quitterai point ces lieux, que mes discours et mes larmes, fidèles à la vérité, n'aient ouvert les yeux du roi Louis sur tes rusés artifices, et sur le perfide amour de ton maître; car vous êtes tous deux des oiseaux du même plumage.

(On entend sonner du cor derrière le théâtre.)

LE ROI LOUIS.--Warwick, c'est quelque message pour nous, ou pour toi.

(Entre un messager.)

LE MESSAGER.--Milord ambassadeur, ces lettres sont pour vous: elles vous sont envoyées par votre frère, le marquis Montaigu. (*Au roi de France.*) Celles-ci s'adressent à Votre Majesté de la part de notre roi. (*A la reine Marguerite.*) Et en voilà pour vous, madame: j'ignore de quelle part.

(Tous ouvrent leurs lettres et les lisent.)

OXFORD.--Je vois avec satisfaction que notre belle reine et maîtresse sourit aux nouvelles qu'elle apprend, tandis que le front de Warwick s'obscurcit en lisant les siennes.

LE PRINCE ÉDOUARD.--Et tenez, faites attention: Louis frappe du pied comme s'il était courroucé.--J'espère que tout est pour le mieux.

LE ROI LOUIS.--Warwick, quelles sont tes nouvelles? Et les vôtres, belle reine?

MARGUERITE.--Les miennes remplissent mon coeur d'une joie inespérée.

WARWICK.--Les miennes ont rempli le mien de tristesse et d'indignation.

LE ROI LOUIS.--Comment? Votre roi a épousé lady Grey? Et il m'écrit pour pallier votre fourberie et la sienne, en m'engageant à prendre la chose de bon coeur! Est-ce là l'alliance qu'il cherche avec la France? Ose-t-il avoir l'audace de nous insulter ainsi?

MARGUERITE.--J'en avais averti Votre Majesté. Voilà la preuve de l'amour d'Édouard, et de l'honnêteté de Warwick.

WARWICK.--Roi Louis, je proteste ici, à la face du ciel, et sur l'espérance de mon bonheur éternel, que je suis innocent de ce mauvais procédé d'Édouard; car il n'est plus mon roi, quand il me fait rougir à ce point, et il rougirait encore plus lui-même, s'il pouvait voir sa honte.--Ai-je donc oublié que c'est pour le fait de la maison d'York que mon père est mort avant le temps? Ai-je fermé les yeux sur l'outrage fait à ma nièce [12], ai-je ceint son front de la couronne royale, ai-je dépouillé Henri des droits de sa naissance, pour me voir enfin payer par cet affront? Que l'affront retombe sur lui-même! car ma récompense est l'honneur; et, pour recouvrer l'honneur que j'ai perdu pour lui, je le renonce ici, et je me rattache à Henri.--Ma noble reine, oublions nos anciennes animosités, désormais je suis ton fidèle serviteur. Je vengerai l'insulte faite à la princesse Bonne et rétablirai Henri dans son ancienne puissance.

Note 12: (retour) Les chroniques nous apprennent qu'Édouard avait tenté de déshonorer la nièce ou la fille du comte de Warwick, on ne sait laquelle des deux.

C'est à la bataille de Wakefield, où périt le duc d'York, que le comte de Salisbury avait été pris; il fut décapité le lendemain, à Pomfret.

MARGUERITE.--Warwick, ce discours a changé ma haine en amitié: je pardonne et j'oublie tout à fait les fautes passées, et me réjouis de te voir devenir l'ami de Henri.

WARWICK.--Tellement son ami, et son ami sincère que si le roi Louis veut nous accorder un petit nombre de soldats choisis, j'entreprendrai de les débarquer sur nos côtes, et de renverser, à main armée, le tyran de son trône. Ce ne sera pas sa nouvelle épouse qui pourra le secourir; et pour Clarence... d'après ce qu'on me mande ici, il est sur le point d'abandonner son frère, indigné de le voir consulter, dans le choix de son épouse, un désir déréglé, bien plus que l'honneur, l'intérêt et la sûreté de notre patrie.

LA PRINCESSE BONNE, *à Louis.*--Mon frère, comment Bonne pourra-t-elle être mieux vengée que par l'appui que vous prêterez à cette malheureuse reine?

MARGUERITE.--Prince renommé, comment le pauvre Henri pourra-t-il supporter la vie, si vous ne le sauvez pas de l'affreux désespoir?

LA PRINCESSE BONNE.--Ma querelle et celle de cette reine d'Angleterre n'en font qu'une.

WARWICK.--Et la mienne, belle princesse Bonne, est liée avec la vôtre.

LE ROI LOUIS.--Et la mienne avec la sienne, la tienne et celle de Marguerite: ainsi voilà mon parti pris, et je suis fermement décidé à vous seconder.

MARGUERITE.--Laissez-moi vous rendre à tous à la fois d'humbles actions de grâces.

LE ROI LOUIS.--Messager de l'Angleterre, retourne en toute hâte dire au perfide Édouard, ton prétendu roi, que Louis, roi de France, se dispose à lui envoyer des masques, pour lui donner le bal à lui et à sa nouvelle épouse. Tu vois ce qui s'est passé: va en effrayer ton roi.

LA PRINCESSE BONNE.--Dis-lui que, dans l'espérance où je suis qu'il sera bientôt veuf, je porterai la guirlande de saule en sa considération.

MARGUERITE.--Dis-lui de ma part que j'ai dépouillé mes habits de deuil, et que je suis prête à me couvrir de l'armure.

WARWICK.--Dis-lui de ma part qu'il m'a fait un affront, et qu'en revanche je le détrônerai avant qu'il soit peu. Voilà pour ton salaire; pars.

(Le messager sort.)

LE ROI LOUIS.--Toi, Warwick, avec Oxford, tu iras à la tête de cinq mille hommes, traverser les mers, et livrer bataille au traître Édouard; et, sitôt que l'occasion le permettra, cette noble reine et le prince son fils te suivront avec un nouveau renfort.--Mais, avant ton départ, délivre-moi d'un doute: quel garant avons-nous de ta persévérante loyauté?

WARWICK.--Voici le gage qui vous répondra de mon inviolable fidélité.--Si notre reine et son fils l'agréent, j'unis de ce moment au jeune prince, par les liens d'un saint mariage, ma fille aimée, l'objet chéri de ma tendresse.

MARGUERITE.--Oui, j'y consens, et je vous rends grâces de cette offre. Édouard, mon fils, elle est belle et vertueuse: ainsi n'hésite point, donne ta main à Warwick; et avec ta main donne-lui ton irrévocable foi de n'avoir d'autre épouse que la fille de Warwick.

LE PRINCE ÉDOUARD.--Je l'accepte, car elle en est bien digne, et je donne ma main pour gage de ma promesse.

(Il donne sa main à Warwick.)

LE ROI LOUIS.--Qu'attendons-nous à présent? On va lever ces troupes; et toi, seigneur de Bourbon, notre grand amiral, tu les transporteras en Angleterre sur nos vaisseaux. Il me tarde de voir Édouard renversé par les hasards de la guerre, pour avoir fait semblant de vouloir épouser une princesse de France 13.

Note 13: (retour) Bonne n'était point une princesse de France, mais une princesse de Savoie, soeur de la reine de France. Au surplus, on révoque très-fort en doute cette négociation de mariage, et cette cause du mécontentement de Warwick. Il paraîtrait qu'Édouard était marié secrètement dès 1443, c'est-à-dire trois ans environ avant l'époque où l'on place la négociation. On assure même que Warwick avait été, en 1445, parrain de la princesse Élisabeth, leur premier enfant.

(Ils sortent tous, excepté Warwick.)

WARWICK.--Je suis venu comme ambassadeur d'Édouard: et je retourne son ennemi mortel et irréconciliable. Il m'avait chargé d'affaires de mariage:

une guerre terrible va répondre à sa demande. N'avait-il donc que moi, pour en faire l'instrument de ses jeux? Eh bien, il n'aura que moi pour tourner ses railleries en afflictions. J'ai été le principal agent de son élévation au trône: je serai le principal agent de sa chute: non pas que je prenne en pitié la misère de Henri, mais je cherche à me venger de l'insulte d'Édouard.

(Il sort.)

FIN DU TROISIÈME ACTE.

ACTE QUATRIÈME

SCÈNE I

A Londres.--Un appartement dans le palais.

Entrent GLOCESTER, CLARENCE, SOMERSET, MONTAIGU *et autres.*

GLOCESTER.--Eh bien, dites-moi, mon frère Clarence, que pensez-vous de ce nouveau mariage avec lady Grey? Notre frère n'a-t-il pas fait là un digne choix?

CLARENCE.--Hélas! vous savez qu'il y a bien loin d'ici en France. Comment eût-il pu se contenir jusqu'au retour de Warwick?

SOMERSET.--Milords, rompez cet entretien. Voici le roi qui s'avance...

(Fanfare. Entrent le roi Édouard et sa suite, avec lady Grey, vêtue en reine; Pembroke, Stafford, Hastings et autres personnages.)

GLOCESTER.--Avec le bel objet de son choix!

CLARENCE.--Je compte lui déclarer ouvertement ce que j'en pense.

LE ROI ÉDOUARD.--Eh bien, mon frère Clarence, que dites-vous donc de notre choix? pourquoi restez-vous ainsi pensif, et l'air à demi-mécontent?

CLARENCE.--J'en dis ce qu'en disent Louis de France, ou le comte de Warwick, tous deux si dépourvus de sens et de courage, qu'ils ne songeront pas à s'offenser de l'affront que nous leur faisons.

LE ROI ÉDOUARD.--Supposez qu'ils s'offensent sans raison: ce n'est, après tout, que Louis et Warwick; et je suis Édouard, le roi de Warwick et le vôtre, et il faut que ma volonté se fasse.

GLOCESTER.--Et votre volonté se fera, parce que vous êtes notre roi: cependant un mariage précipité est rarement heureux.

LE ROI ÉDOUARD.--Quoi, mon frère Richard? Vous en offensez-vous aussi?

GLOCESTER.--Non, pas moi. Non: à Dieu ne plaise, que je veuille désunir ceux que Dieu a unis! Et ce serait vraiment une pitié que de séparer deux époux si bien assortis!

LE ROI ÉDOUARD.--Mettant de côté vos dédains et vos dégoûts, dites-moi un peu pourquoi lady Grey ne pourrait pas devenir ma femme et reine d'Angleterre? Et vous aussi, Somerset et Montaigu, allons, déclarez librement vos sentiments.

CLARENCE.--Voici donc mon opinion:--que le roi Louis devient votre ennemi parce que vous vous êtes joué de lui dans cette affaire de mariage avec la princesse Bonne.

GLOCESTER.--Et Warwick, qui était occupé à remplir le ministère dont vous l'aviez chargé, est déshonoré aujourd'hui par cet autre mariage que vous venez de contracter.

LE ROI ÉDOUARD.--Et si je viens à bout de calmer Louis et Warwick par quelque expédient que je pourrais imaginer?

MONTAIGU.--Il resterait toujours certain qu'une pareille alliance avec la France aurait fortifié l'État contre les orages étrangers, bien plus que ne peut le faire aucun parti choisi dans le sein du royaume.

HASTINGS.--Quoi! Montaigu ignore-t-il que, par sa propre force, l'Angleterre est à l'abri de tout danger, si elle se demeure fidèle à elle-même?

MONTAIGU.--Sans doute; mais ce serait encore plus sûr, si elle était appuyée de la France.

HASTINGS.--Il vaut mieux user de la France que de se fier à la France. Appuyons-nous sur Dieu et sur les mers, qu'il nous a données comme un rempart imprenable: avec leur secours défendons-nous nous-mêmes; c'est dans leur force et en nous seuls que réside notre sûreté.

CLARENCE.--Pour ce discours seul, Hastings mérite bien d'avoir l'héritière du lord Hungerford.

LE ROI ÉDOUARD.--Et qu'y trouvez-vous à redire? il l'a par ma volonté, et le don que je lui en ai fait; et pour cette fois ma volonté fera loi.

GLOCESTER.--Et pourtant il me semble que Votre Grâce a eu le tort de donner l'héritière et la fille du lord Scales au frère de votre tendre épouse: elle m'aurait bien mieux convenu à moi, ou bien à Clarence; mais votre femme épuise aujourd'hui votre amour fraternel.

CLARENCE.--Comme encore vous n'auriez pas dû gratifier de l'héritière du lord Bonville le fils de votre nouvelle épouse, et laisser vos frères aller chercher fortune ailleurs.

LE ROI ÉDOUARD.--Eh quoi, mon pauvre Clarence, n'est-ce que pour une femme que tu te montres si mécontent? Va, je saurai te pourvoir.

CLARENCE.--En choisissant pour vous-même, vous avez fait voir quel était votre discernement: et comme il s'est montré assez mince, vous me permettrez de faire moi-même mes affaires, et c'est dans cette vue que je songe à prendre bientôt congé de vous.

LE ROI ÉDOUARD.--Pars ou reste, peu m'importe: Édouard sera roi, et ne se laissera pas enchaîner par la volonté de son frère.

LA REINE.--Milords, pour me rendre justice vous devez tous convenir qu'avant qu'il eût plu à Sa Majesté d'élever mon rang au titre de reine, je n'étais pas d'une naissance ignoble; et des femmes nées plus bas que moi sont montées à la même fortune. Mais autant ce nouveau titre m'honore, moi et les miens, autant l'éloignement que vous me montrez, vous à qui je voudrais être agréable, mêle à mon bonheur de crainte et de tristesse.

LE ROI ÉDOUARD.--Ma bien-aimée, cesse de cajoler ainsi leur mauvaise humeur. Que peux-tu avoir à craindre ou à t'affliger, tant qu'Édouard est ton ami constant, et leur souverain légitime, auquel il faut qu'ils obéissent, et auquel ils obéiront, et qui les obligera à t'aimer, sous peine d'encourir sa haine? s'ils s'y exposent, j'aurai soin de te défendre contre eux, et de leur faire sentir ma colère et ma vengeance.

GLOCESTER, *à part.*--J'entends, et ne dis pas grand'chose, mais je n'en pense que mieux.

(Entre un messager.)

LE ROI ÉDOUARD.--Eh bien, messager, quelles lettres, ou quelles nouvelles de France?

LE MESSAGER.--Mon souverain seigneur, je n'ai point de lettres: je n'apporte que quelques paroles, et telles encore, que je n'ose vous les rendre qu'après en avoir reçu d'avance le pardon.

LE ROI ÉDOUARD.--Va, elles te sont pardonnées: allons, en peu de mots, rends-moi leurs paroles, le plus fidèlement que le pourra ta mémoire. Quelle est la réponse du roi Louis à nos lettres?

LE MESSAGER.--Voici, quand je l'ai quitté, quelles ont été ses propres paroles: «Va, dis au traître Édouard, ton prétendu roi, que Louis de France se dispose à lui envoyer des masques pour lui donner le bal, à lui et à sa nouvelle épouse.»

LE ROI ÉDOUARD.--Louis est-il donc si brave? Je crois qu'il me prend pour Henri. Mais qu'a dit de mon mariage la princesse Bonne?

LE MESSAGER.--Voici ses paroles prononcées avec un calme dédaigneux: «Dites-lui que, dans l'espérance où je suis qu'il sera bientôt veuf, je porterai la guirlande de saule en sa considération.»

LE ROI ÉDOUARD.--Je ne la blâme point; elle ne pouvait guère en dire moins: c'est elle qui a été offensée. Mais que dit la femme de Henri? car je sais qu'elle était présente.

LE MESSAGER.--«Annonce-lui, m'a-t-elle dit, que j'ai quitté mes habits de deuil, et que je suis prête à me couvrir de l'armure.»

LE ROI ÉDOUARD.--Apparemment qu'elle se propose de jouer le rôle d'amazone. Mais qu'a dit Warwick de cette insulte?

LE MESSAGER.--Plus irrité que tous les autres, contre Votre Majesté, il m'a congédié avec ces mots: «Dis-lui de ma part qu'il m'a fait un affront, et qu'en revanche je le détrônerai avant qu'il soit peu.»

LE ROI ÉDOUARD.--Ah! le traître a osé prononcer ces insolentes paroles? Allons, puisque je suis si bien averti, je vais m'armer: ils auront la guerre, et me payeront leur présomption. Mais, réponds-moi, Warwick et Marguerite sont-ils bien ensemble?

LE MESSAGER.--Oui, mon gracieux souverain: ils se sont tellement liés d'amitié, que le jeune prince Édouard épouse la fille de Warwick.

CLARENCE.--Probablement l'aînée: Clarence aura la plus jeune. Adieu, mon frère le roi, maintenant tenez-vous bien; car je vais de ce pas demander l'autre fille de Warwick, afin de n'avoir pas fait, quoique sans royaume, un plus mauvais mariage que vous.--Oui, qui aime Warwick et moi me suive.

(Clarence sort, et Somerset le suit.)

GLOCESTER, *à part*.--Ce n'est pas moi; mes pensées vont plus loin: je reste, moi, non pour l'amour d'Édouard, mais pour celui de la couronne.

LE ROI ÉDOUARD.--Clarence et Somerset partis tous deux pour aller joindre Warwick! N'importe: je suis armé contre le pis qui puisse arriver, et la célérité est nécessaire dans cette crise désespérée.--Pembroke et Stafford, allez lever pour nous des soldats, et faites tous les préparatifs pour la guerre. Ils sont déjà débarqués, ou ne tarderont pas à l'être: moi-même en personne je vous suivrai immédiatement. (*Pembroke et Stafford sortent.*) Mais avant que je parte, Hastings, et vous, Montaigu, levez un doute qui me reste. Vous deux, entre tous les autres, vous tenez de près à Warwick par le sang et par alliance. Dites-moi si vous aimez mieux Warwick que moi. Si cela est, allez tous deux le trouver. Je vous aime mieux pour ennemis que pour des amis perfides; mais si vous êtes résolus de me conserver votre fidèle obéissance, tranquillisez-moi par quelque serment d'amitié, afin que je ne puisse jamais vous avoir pour suspects.

MONTAIGU.--Que Dieu protége Montaigu, comme il est fidèle!

HASTINGS.--Et Hastings, comme il tient pour la cause d'Édouard!

LE ROI ÉDOUARD.--Et vous, Richard, mon frère, voulez-vous rester de notre parti?

GLOCESTER.--Oui, en dépit de tout ce qui voudra vous attaquer.

LE ROI ÉDOUARD.--A présent, je suis sûr de vaincre. Partons donc à l'instant, et ne perdons pas une heure, jusqu'à ce que nous ayons joint Warwick et son armée d'étrangers.

(Ils sortent.)

SCÈNE II

Une plaine dans le comté de Warwick.

Entrent WARWICK ET OXFORD *avec des troupes françaises et autres.*

WARWICK.--Croyez-moi, milord; tout jusqu'ici va bien. Le peuple vient en foule se ranger autour de nous. (*Il aperçoit Clarence et Somerset.*) Mais tenez, voilà Somerset et Clarence qui nous arrivent.--Répondez sur-le-champ, milords: sommes-nous tous amis?

GEORGE.--N'en doutez pas, milord.

WARWICK.--En ce cas, cher Clarence, Warwick t'accueille de grand coeur; et toi aussi, Somerset.--Je tiens pour lâcheté de conserver la moindre défiance, lorsqu'un noble coeur a donné sa main ouverte en signe d'amitié: autrement, je pourrais penser que Clarence, frère d'Édouard, n'a pour notre cause qu'une feinte affection: mais sois le bienvenu, Clarence: ma fille sera à toi. A présent que reste-t-il à faire sinon de profiter des voiles de la nuit, tandis que ton frère est négligemment campé, que ses soldats sont à errer dans les villes des environs, et qu'il n'est escorté que d'une simple garde: nous pouvons le surprendre et nous emparer de sa personne, dès que nous le voudrons. Nos espions ont trouvé ce coup de main facile à exécuter. Ainsi comme jadis Ulysse et le robuste Diomède se glissèrent avec audace et célérité dans les tentes de Rhésus, et emmenèrent les terribles coursiers de Thrace, auxquels les destins avaient attaché la victoire; de même, bien couverts du noir manteau de la nuit, nous pouvons renverser à l'improviste la garde d'Édouard, et nous saisir de lui; je ne dis pas le tuer, car je ne veux que le surprendre. Que ceux de vous qui voudront me suivre prononcent avec acclamation le nom de Henri, en même temps que leur général. (*Tous s'écrient*: Henri!) Allons, partons donc, et marchons en silence. Que Dieu et saint George soient pour Warwick et ses amis!

(Ils sortent.)

SCÈNE III

Le camp d'Édouard, près de Warwick.

Entrent quelques SENTINELLES *pour garder la tente du roi.*

PREMIER GARDE.--Allons, messieurs, que chacun prenne son poste; le roi est là qui dort.

SECOND GARDE.--Quoi! est-ce qu'il n'ira pas se mettre au lit?

PREMIER GARDE.--Non: vraiment, il a fait un serment solennel, de ne pas se coucher pour prendre son repos ordinaire, jusqu'à ce que Warwick ou lui soient vaincus.

SECOND GARDE.--C'est ce qui sera demain, selon toute apparence, si Warwick est aussi près qu'on l'assure.

TROISIÈME GARDE.--Mais dites-moi, je vous prie, quel est ce lord qui repose ici avec le roi dans sa tente?

PREMIER GARDE.--C'est le lord Hastings, le plus intime ami du roi.

TROISIÈME GARDE.--Oui?--Mais pourquoi cet ordre du roi, que ses principaux chefs logent dans les villes des environs, tandis que lui il passe la nuit dans cette froide campagne?

SECOND GARDE.--C'est le poste d'honneur parce qu'il est le plus dangereux.

TROISIÈME GARDE.--Oh! pour moi, qu'on me donne des dignités et du repos, je les préfère à un dangereux honneur.--Si Warwick savait en quelle situation il est ici, il y a lieu de croire qu'il viendrait le réveiller.

PREMIER GARDE.--A moins que nos hallebardes ne lui fermassent le passage.

SECOND GARDE.--En effet: car pourquoi garderions-nous sa tente royale, si ce n'était pour défendre sa personne contre les ennemis nocturnes?

(Entrent Warwick, George, Oxford, Somerset, et des troupes.)

WARWICK, *à demi-voix.*--C'est là sa tente: voyez, où sont ses gardes. Courage, mes amis: c'est le moment de se faire honneur, ou jamais! Suivez-moi seulement, et Édouard est à nous.

PREMIER GARDE.--Qui va là?

SECOND GARDE.--Arrête, où tu es mort.

(Warwick et sa troupe crient tous ensemble: *Warwick! Warwick!* en fondant sur la garde, qui fuit en criant: *aux armes! aux armes!* Warwick et sa troupe les poursuivent.)

(On entend les tambours et les trompettes.)

(Rentrent Warwick et sa troupe enlevant le roi Édouard vêtu de sa robe de chambre, et assis dans un fauteuil. Glocester et Hastings fuient.)

SOMERSET.--Qui sont ceux qui fuient là?

WARWICK.--Richard et Hastings: laissons-les: nous tenons ici le duc.

LE ROI ÉDOUARD.--Le duc! Quoi, Warwick! la dernière fois que tu m'as quitté, tu m'appelais roi.

WARWICK.--Oui; mais les temps sont changés. Depuis que vous m'avez déshonoré dans mon ambassade, moi, je vous ai dégradé du rang de roi, et je viens aujourd'hui vous créer duc d'York.... Eh! comment pourriez-vous gouverner un royaume, vous qui ne savez ni vous bien conduire envers vos ambassadeurs, ni vous contenter d'une seule femme, ni traiter vos frères fraternellement, ni travailler au bonheur des peuples, ni vous garantir vous-même de vos ennemis?

LE ROI ÉDOUARD.--Quoi, mon frère Clarence, te voilà aussi!--Ah! je vois bien maintenant qu'il faut qu'Édouard succombe.--Cependant, Warwick, en dépit du malheur, en dépit de toi et de tous tes complices, Édouard se conduira toujours en roi: et si la malice de la fortune renverse ma grandeur, mon âme est hors de la portée de sa roue.

WARWICK.--Eh bien, que dans son âme Édouard demeure roi d'Angleterre; (*lui ôtant sa couronne*) Henri portera la couronne d'Angleterre, et sera un vrai roi; toi, tu n'en seras que l'ombre.--Milord Somerset, chargez-vous, je vous prie, de faire conduire sur-le-champ le duc Édouard chez mon frère, l'archevêque d'York. Quand j'aurai combattu Pembroke et ses partisans, je vous suivrai, et je porterai à Édouard la réponse que lui envoient Louis et la princesse Bonne. Jusque-là, adieu pour quelque temps, mon bon duc d'York.

LE ROI ÉDOUARD.--Ce qu'impose la destinée, il faut que l'homme le supporte. Il est inutile de vouloir résister contre vent et marée.

(Sortent le roi Édouard et Somerset.)

OXFORD.--Que nous reste-t-il maintenant à faire, milords, sinon de marcher droit à Londres avec nos soldats?

WARWICK.--Oui, voilà quel doit être notre premier soin. Délivrons Henri de sa prison, et replaçons-le sur le trône des rois.

(Ils sortent.)

SCÈNE IV

A Londres.--Un appartement dans le palais.

Entrent LA REINE ÉLISABETH, *femme d'Édouard*, RIVERS.

RIVERS.--Madame, quel chagrin a donc si fort altéré les traits de votre visage?

LA REINE.--Quoi, mon frère, êtes-vous donc encore à savoir le malheur qui vient d'arriver au roi Édouard?

RIVERS.--Quoi! La perte de quelque bataille rangée contre Warwick.

LA REINE.--Non; mais la perte de sa propre personne.

RIVERS.--Mon roi serait tué?

LA REINE.--Oui, presque tué, car il est prisonnier; soit qu'il ait été trahi par la perfidie de ses gardes, soit qu'il ait été inopinément surpris par l'ennemi; on m'a dit de plus qu'il avait été confié à la garde de l'archevêque d'York, le frère du cruel Warwick, et par conséquent notre ennemi.

RIVERS.--Ces nouvelles, je l'avoue, sont bien désastreuses: cependant, gracieuse dame, soutenez ce revers de votre mieux: Warwick, qui a l'avantage aujourd'hui, peut le perdre demain.

LA REINE.--Il faut donc, jusque-là, que l'espérance soutienne ma vie. Et je veux en effet me sevrer du désespoir, par amour pour l'enfant d'Édouard que j'ai dans mon sein. C'est lui qui me fait contenir ma douleur, et porter avec patience la croix de mon infortune: oui, c'est pour lui que je retiens plus d'une larme, et que j'étouffe les soupirs qui dévoreraient mon sang, de crainte que ces pleurs et ces soupirs ne vinssent flétrir ou noyer le fruit sorti du roi Édouard, le légitime héritier de la couronne d'Angleterre.

RIVERS.--Mais, madame, que devient Warwick?

LA REINE.--Je suis informée qu'il marche vers Londres, pour placer une seconde fois la couronne sur la tête de Henri: tu devines le reste. Il faut que les amis d'Édouard se soumettent; mais pour prévenir la fureur du tyran (car il ne faut point se fier à celui qui a violé une fois sa parole), je vais de ce pas me réfugier dans le sanctuaire, afin de sauver du moins l'héritier des droits d'Édouard. Là, je serai en sûreté contre la violence et la fraude. Venez donc; fuyons, tandis que nous pouvons fuir encore. Si nous tombons entre les mains de Warwick, notre mort est certaine.

(Ils sortent.)

SCÈNE V

Un parc, près du château de Middleham, dans la province d'York.

Entrent GLOCESTER, HASTINGS, SIR WILLIAM STANLEY, *et autres personnages.*

GLOCESTER.--Cessez de vous étonner, lord Hastings, et vous, sir William Stanley, si je vous ai conduits ici dans le plus épais des bois de ce parc. Voici le fait. Vous savez que notre roi, mon frère, est ici prisonnier de l'évêque qui le traite bien, et lui laisse une grande liberté. Souvent, accompagné seulement de quelques gardes, il vient chasser dans ce bois pour se récréer. Je l'ai fait avertir en secret que si vers cette heure-ci il dirigeait ses pas de ce côté, sous prétexte de faire sa partie de chasse ordinaire, il trouverait ici ses amis avec des chevaux et main-forte, pour le délivrer de sa captivité.

(Entre le roi Édouard, accompagné d'un chasseur.)

LE CHASSEUR.--Par ici, milord; c'est de ce côté qu'est la chasse.

LE ROI ÉDOUARD.--Non, c'est par ici, mon ami: vois, voilà des chasseurs. Eh bien, mon frère, et vous, lord Hastings, vous êtes donc ici à l'affût avec votre monde pour surprendre le cerf de l'évêque?

GLOCESTER.--Mon frère, il faut se hâter de profiter du moment et de l'occasion. Votre cheval est tout prêt, et vous attend au coin du parc.

LE ROI ÉDOUARD.--Mais où allons-nous d'ici?

HASTINGS.--A Lynn, milord, et de là nous nous embarquons pour la Flandre.

GLOCESTER.--Bien pensé, je vous assure: c'était aussi mon idée.

LE ROI ÉDOUARD.--Stanley, je récompenserai ton audace.

GLOCESTER.--Mais que tardons-nous? Il n'est pas temps de s'amuser à parler.

LE ROI ÉDOUARD.--Chasseur, qu'en dis-tu? Veux-tu nous suivre?

LE CHASSEUR.--Cela vaut beaucoup mieux que de rester pour être pendu.

GLOCESTER.--Viens donc; partons: ne perdons pas davantage le temps.

LE ROI ÉDOUARD.--Adieu, archevêque. Songe à te munir contre le courroux de Warwick, et prie Dieu pour que je puisse ressaisir la couronne.

(Ils sortent.)

SCÈNE VI

Une pièce dans la Tour.

Entrent LE ROI HENRI, CLARENCE, WARWICK, SOMERSET, LE JEUNE RICHMOND, OXFORD, MONTAIGU, LE LIEUTENANT *de suite.*

LE ROI.--Monsieur le lieutenant, à présent que Dieu et mes amis ont renversé Édouard du trône d'Angleterre, et changé mon esclavage en liberté, mes craintes en espérance, et mes chagrins en joie, quels honoraires te devons-nous en sortant de cette prison?

LE LIEUTENANT.--Les sujets n'ont rien à exiger de leurs souverains: mais si mon humble prière peut être exaucée, je demande mon pardon à Votre Majesté.

LE ROI.--Et de quoi donc, lieutenant? De m'avoir si bien traité? Sois sûr que je reconnaîtrai tes bons procédés, qui m'ont fait trouver du plaisir dans ma prison; oui, tout le plaisir que peuvent sentir renaître en eux-mêmes les oiseaux mis en cage, lorsque après tant de pensées mélancoliques les chants qui les amusaient dans leur ménage leur font enfin oublier tout à fait la perte de leur liberté. Mais après Dieu, c'est toi, Warwick, qui me délivres; c'est donc principalement à Dieu et à toi que s'adresse ma reconnaissance. Il a été l'auteur, et toi l'instrument. Aussi, pour triompher désormais de la malignité de ma fortune, en vivant dans une situation modeste où elle ne puisse me blesser; et afin que le peuple de cette terre bienheureuse ne soit pas la victime de mon étoile ennemie, Warwick, quoique ma tête porte encore la couronne, je te résigne ici mon administration; car tu es heureux dans toutes tes oeuvres.

WARWICK.--Votre Grâce fut toujours renommée pour sa vertu; et aujourd'hui elle se montre sage autant que vertueuse, en reconnaissant et cherchant à éviter la malice de la Fortune: car il est peu d'hommes qui sachent gouverner prudemment leur étoile! Cependant il est un point, où vous me permettrez de ne pas vous approuver: c'est de me choisir lorsque vous avez Clarence près de vous.

GEORGE.--Non, Warwick, tu es digne du commandement: toi à qui le Ciel à ta naissance adjugea un rameau d'olivier et une couronne de laurier, donnant à présumer que tu seras toujours également heureux dans la paix et dans la guerre: ainsi je te le cède de mon libre consentement.

WARWICK.--Et je ne veux choisir que Clarence pour protecteur.

LE ROI.--Warwick, et vous, Clarence, donnez-moi tous deux la main. A présent, unissez vos mains, et avec elles vos coeurs, et que nulle dissension ne trouble le gouvernement. Je vous fais tous deux protecteurs de ce pays: tandis que moi, je mènerai une vie retirée, et consacrerai mes derniers jours à la dévotion, occupé à combattre le péché, et à louer mon créateur.

WARWICK.--Que répond Clarence à la volonté de son souverain?

GEORGE.--Qu'il donne son consentement, si Warwick donne le sien; car je me repose sur ta fortune.

WARWICK.--Allons, c'est à regret; mais enfin j'y souscris: nous marcherons l'un à côté de l'autre comme l'ombre double de la personne de Henri, et nous le remplacerons; j'entends en supportant, à sa place, le fardeau du gouvernement, tandis qu'il jouira des honneurs et du repos. A présent, Clarence, il n'est rien de plus pressant que de faire déclarer, sans délai, Édouard traître, et de confisquer tous ses domaines et tous ses biens.

GEORGE.--Je ne vois pas autre chose à faire de plus, que de régler sa succession...

WARWICK.--Oui, et Clarence ne manquera pas d'y avoir sa part.

LE ROI.--Mais je vous prie (car je ne commande plus), mettez avant vos plus importantes affaires, le soin d'envoyer vers Marguerite, votre reine, et mon fils Édouard, pour les faire revenir promptement de France; car jusqu'à ce que je les voie, le sentiment de joie que me donne ma liberté est à moitié détruit par les inquiétudes de la crainte.

GEORGE.--Cela va être fait, mon souverain, avec la plus grande célérité.

LE ROI.--Milord de Somerset, quel est ce jeune homme à qui vous paraissez prendre un si tendre intérêt?

SOMERSET.--Mon prince, c'est le jeune Henri, comte de Richmond.

LE ROI.--Approchez, vous, espoir de l'Angleterre. (*Il pose sa main sur la tête du jeune homme.*) Si une puissance cachée découvre la vérité à mes prophétiques pensées, ce joli enfant fera le bonheur de notre patrie. Ses regards sont pleins d'une paisible majesté; la nature forma son front pour porter une couronne, sa main pour tenir un sceptre, et lui, pour la prospérité d'un trône royal. Qu'il vous soit précieux, milords; car il est destiné à vous faire plus de bien que je ne vous ai causé de maux [14].

Note 14: (retour) Il fut roi sous le nom de Henri VII, après l'extinction des maisons d'York et de Lancastre; il était fils d'Edmond, comte de Richmond, demi-frère de Henri VI, par sa mère, Catherine de France, qui après la mort de Henri V, avait épousé Owen Tudor, père d'Edmond.

(Entre un messager.)

WARWICK.--Quelles nouvelles, mon ami?

LE MESSAGER.--Qu'Édouard s'est échappé de chez votre frère, qui a su depuis qu'il s'était rendu en Bourgogne.

WARWICK.--Fâcheuse nouvelle! mais comment s'est-il échappé?

LE MESSAGER.--Il a été enlevé par Richard, duc de Glocester, et le lord Hastings, qui l'attendaient placés en embuscade sur le bord de la forêt, et l'ont tiré des mains des chasseurs de l'évêque; car la chasse était son exercice journalier.

WARWICK.--Mon frère a mis trop de négligence dans le soin dont il était chargé. Mais allons, mon souverain, nous prémunir de remèdes contre tous les maux qui pourraient survenir.

(Sortent le roi Henri, Warwick, Clarence, le lieutenant et sa suite.)

SOMERSET.--Milord, je n'aime point cette évasion d'Édouard; car, il n'en faut pas douter, la Bourgogne lui donnera des secours, et nous allons de nouveau avoir la guerre avant qu'il soit peu. Si la prédiction dont Henri vient de nous présager l'accomplissement a rempli mon coeur de joie par les espérances qu'elle me fait naître sur ce jeune Richmond, le coeur me dit également que dans ces démêlés il peut arriver beaucoup de choses funestes pour lui et pour nous. Ainsi, lord Oxford, pour prévenir le pire, nous allons l'envoyer, sans tarder, en Bretagne jusqu'à ce que les orages de cette guerre civile soient dissipés.

OXFORD.--Votre avis est sage; car si Édouard remonte sur le trône, il y a tout lieu de craindre que Richmond ne tombe avec le reste.

SOMERSET.--Cela ne saurait manquer; il va donc partir pour la Bretagne: n'y perdons pas de temps.

(Ils sortent.)

SCÈNE VII

Devant York.

Entrent LE ROI ÉDOUARD, GLOCESTER, HASTINGS, *soldats.*

LE ROI ÉDOUARD.--Ainsi donc, mon frère Richard, Hastings, et vous tous, mes amis, la fortune veut réparer tout à fait ses torts envers nous, et dit que j'échangerai encore une fois mon état d'abaissement contre la couronne royale de Henri. Nous avons passé et repassé les mers, et ramené de

Bourgogne le secours désiré. Maintenant que nous voilà arrivés du port de Ravenspurg devant les portes d'York, que nous reste-t-il à faire que d'y rentrer comme dans notre duché?

GLOCESTER.--Quoi, les portes fermées!--Mon frère, je n'aime pas cela. C'est en bronchant sur le seuil de leur demeure que bien des gens ont été avertis du danger qui les attendait au dedans.

LE ROI ÉDOUARD.--Allons donc, mon cher, ne nous laissons pas effrayer par les présages: de gré ou de force, il faut que nous entrions, car c'est ici que nos amis viendront nous joindre.

HASTINGS.--Mon souverain, je veux frapper encore une fois pour les sommer d'ouvrir.

(Paraissent sur les murs le maire d'York et ses adjoints.)

LE MAIRE.--Milords, nous avons été avertis de votre arrivée, et nous avons fermé nos portes pour notre propre sûreté; car maintenant c'est à Henri que nous devons l'obéissance.

LE ROI ÉDOUARD.--Mais, monsieur le maire, si Henri est votre roi, Édouard est au moins duc d'York.

LE MAIRE.--Il est vrai, milord, je sais que vous l'êtes.

LE ROI ÉDOUARD.--Eh bien! je ne réclame que mon duché, et je me contente de sa possession.

GLOCESTER, *à part*.--Mais quand une fois le renard aura pu entrer son nez, il aura bientôt trouvé le moyen de faire suivre tout le corps.

HASTINGS.--Eh bien, monsieur le maire, qui vous fait hésiter? Ouvrez vos portes; nous sommes les amis du roi Henri.

LE MAIRE.--Est-il vrai? Alors les portes vont s'ouvrir.

(Il descend des remparts.)

GLOCESTER, *avec ironie*.--Voilà un sage et vigoureux commandant, et facile à persuader.

HASTINGS.--Le bon vieillard aimerait fort que tout s'arrangeât, aussi en avons-nous eu bon marché: mais, une fois entrés, je ne doute pas que nous ne lui fassions bientôt entendre raison, et à lui et à ses adjoints.

(Rentrent au pied des murs le maire et deux aldermen.)

LE ROI ÉDOUARD.--Fort bien, monsieur le maire: ces portes ne doivent pas être fermées si ce n'est la nuit, ou en temps de guerre. N'aie donc aucune inquiétude, mon cher, et remets-moi ces clefs. (*Il lui prend les clefs.*) Édouard et tous ses amis, qui veulent bien me suivre, se chargeront de défendre ta ville et toi.

(Tambour. Entrent au pas de marche Montgomery et des troupes.)

GLOCESTER.--Mon frère, c'est sir John Montgomery, notre ami fidèle, ou je suis bien trompé.

LE ROI ÉDOUARD.--Soyez le bienvenu, sir John! Mais pourquoi venez-vous ainsi en armes?

MONTGOMERY.--Pour secourir le roi Édouard dans ces temps orageux, comme le doit faire tout loyal sujet.

LE ROI ÉDOUARD.--Je vous rends grâces, bon Montgomery: mais en ce moment nous oublions nos droits à la couronne, et nous ne réclamons que notre duché, jusqu'à ce qu'il plaise à Dieu de nous rendre le reste.

MONTGOMERY.--En ce cas, adieu, et je m'en retourne. Je suis venu servir un roi, et non pas un duc.--Battez, tambours, et remettons-nous en marche.

(La marche recommence.)

LE ROI ÉDOUARD.--Eh! arrêtez un moment, sir John, et nous allons débattre par quels sûrs moyens on pourrait recouvrer la couronne.

MONTGOMERY.--Que parlez-vous de débats? En deux mots, si vous ne voulez pas vous proclamer ici notre roi, je vous abandonne à votre fortune, et je pars pour faire retourner sur leurs pas ceux qui viennent à votre secours: pourquoi combattrions-nous, si vous ne prétendez à rien?

GLOCESTER.--Quoi donc, mon frère, vous arrêterez-vous à de vaines subtilités?

LE ROI ÉDOUARD.--Quand nous serons plus en force, nous ferons valoir nos droits. Jusque-là, c'est prudence que de cacher nos projets.

HASTINGS.--Loin de nous cette scrupuleuse prudence: c'est aux armes à décider aujourd'hui.

GLOCESTER.--Les âmes intrépides sont celles qui montent le plus rapidement aux trônes. Mon frère, nous allons vous proclamer d'abord sans délai, et le bruit de cette proclamation vous amènera une foule d'amis.

LE ROI ÉDOUARD.--Allons, comme vous voudrez; car à moi appartient le droit, et Henri n'est qu'un usurpateur de ma couronne.

MONTGOMERY.--Enfin je reconnais mon souverain à ce langage, et je deviens le champion d'Édouard.

HASTINGS.--Sonnez, trompettes. Édouard va être proclamé à l'instant. (*A un soldat.*) Viens, camarade; fais-nous la proclamation.

(Il lui donne un papier. Fanfare.)

LE SOLDAT *lit.--Édouard IV, par la grâce de Dieu, roi d'Angleterre et de France, et lord d'Irlande, etc.*

MONTGOMERY.--Et quiconque osera contester le droit du roi Édouard, je le défie à un combat singulier.

(Il jette à terre son gantelet.)

TOUS.--Longue vie à Édouard IV!

LE ROI ÉDOUARD.--Je te remercie, brave Montgomery.--Et je vous remercie tous. Si la fortune me seconde, je reconnaîtrai votre attachement pour moi.--Passons cette nuit à York, et demain, dès que le soleil du matin élèvera son char au bord de l'horizon, nous marcherons à la rencontre de Warwick et de ses partisans; car je sais que Henri n'est pas guerrier.--Ah! rebelle Clarence, qu'il te sied mal de flatter Henri et d'abandonner ton frère! Mais nous espérons te joindre, toi et Warwick.--Allons, braves soldats, ne doutez pas de la victoire; et la victoire une fois gagnée, ne doutez pas non plus d'une bonne solde.

(Ils sortent.)

SCÈNE VIII

A Londres.--Un appartement dans le palais.

LE ROI HENRI, WARWICK, CLARENCE, MONTAIGU, EXETER ET OXFORD.

WARWICK.--Quel parti prendrons-nous, milords? Édouard revient de la Flandre avec une armée d'Allemands impétueux et de lourds Hollandais. Il a passé sans obstacle le détroit de nos mers: il vient avec ses troupes à marches forcées sur Londres; et la multitude inconstante court par troupeaux se ranger de son parti.

LE ROI.--Il faut lever une armée et le renvoyer battu.

CLARENCE.--On éteint sans peine avec le pied une légère étincelle; mais, si on la néglige, un fleuve d'eau n'éteindra plus l'incendie.

WARWICK.--J'ai dans mon comté des amis sincèrement attachés, point séditieux dans la paix, mais courageux dans la guerre. Je vais les rassembler.--Toi, mon fils Clarence, tu iras dans les provinces de Suffolk, de Norfolk et de Kent, appeler sous tes drapeaux les chevaliers et les gentilshommes.--Toi, mon frère Montaigu, tu trouveras dans les comtés de Buckingham, de Northampton et de Leicester, des hommes bien disposés à suivre tes ordres.--Et toi, brave Oxford, si extraordinairement chéri dans l'Oxfordshire, charge-toi d'y rassembler tes amis.--Jusqu'à notre retour mon souverain restera dans Londres environné des habitants qui le chérissent, comme celle belle île est environnée de la ceinture de l'Océan, ou la chaste Diane du cercle de ses nymphes.--Beaux seigneurs, prenons congé, sans autres réflexions.--Adieu, mon souverain.

LE ROI.--Adieu, mon Hector, véritable espoir de Troie.

CLARENCE.--En signe de ma loyauté, je baise la main de Votre Altesse.

LE ROI.--Excellent Clarence, que le bonheur t'accompagne.

MONTAIGU.--Courage, mon prince, je prends congé de vous.

OXFORD, *baisant la main de Henri.*--Voilà le sceau de mon attachement, et mon adieu.

LE ROI.--Cher Oxford, Montaigu, toi qui m'aimes, et vous tous, recevez encore une fois mes adieux et mes voeux.

WARWICK.--Adieu, chers lords.--Réunissons-nous à Coventry.

(Sortent Warwick, Clarence, Oxford et Montaigu.)

LE ROI.--Je veux me reposer un moment dans ce palais.--Cousin Exeter, que pense Votre Seigneurie? il me semble que ce qu'Édouard a de troupes sur pied n'est pas en état de livrer bataille aux ennemis.

EXETER.--Mais il est à craindre qu'il n'attire les autres dans son parti.

LE ROI.--Oh! je n'ai point cette crainte. On sait combien j'ai mérité d'eux. Je n'ai point fermé l'oreille à leurs demandes, ni prolongé leur attente par de longs délais; ma pitié a toujours versé sur leurs blessures un baume salutaire, et ma bonté a soulagé le chagrin qui gonflait leur coeur; ma miséricorde a séché les flots de leurs larmes: je n'ai point convoité leurs richesses; je ne les ai point accablés de très-forts subsides; je ne me suis point montré ardent à la vengeance, quoiqu'ils m'aient souvent offensé; ainsi, pourquoi aimeraient-ils Édouard plus que moi? Non, Exeter, ces bienfaits réclament leur bienveillance; et tant que le lion caresse l'agneau, l'agneau ne cessera de le suivre.

(On entend derrière le théâtre ces cris: *A Lancastre! à Lancastre!*)

EXETER.--Écoutez, écoutez, seigneur; quels sont ces cris?

(Entrent le roi Édouard, Glocester, et des soldats.)

ÉDOUARD.--Saisissez cet Henri au visage timide; emmenez-le d'ici, et proclamez-nous une seconde fois roi d'Angleterre. (*A Henri.*) Tu es la fontaine qui fournit à quelques petits ruisseaux; mais voilà ta source: mon Océan va absorber toutes les eaux de tes ruisseaux desséchés, et se grossir de leurs flots.--Conduisez-le à la Tour, et ne lui donnez pas le temps de répliquer. (*Quelques soldats sortent emmenant le roi Henri.*) Allons, lords; dirigeons notre marche vers Coventry, où est actuellement le présomptueux Warwick. Le soleil est ardent; si nous différons, le froid mordant de l'hiver viendra flétrir toutes nos espérances de récolte.

GLOCESTER.--Partons, sans perdre de temps, avant que leurs forces se joignent, et surprenons ce traître devenu si puissant. Braves guerriers, marchons en toute hâte vers Coventry.

(Ils sortent.)

FIN DU QUATRIÈME ACTE.

ACTE CINQUIÈME

SCÈNE I

A Coventry.

Paraissent sur les murs de la ville WARWICK, LE MAIRE *de Coventry*, DEUX MESSAGERS *et autres personnages.*

WARWICK.--Où est le courrier qui nous est envoyé par le vaillant Oxford?--(*Au messager.*) A quelle distance de cette ville est ton maître, mon brave homme?

PREMIER MESSAGER.--En deçà de Dunsmore; il marche vers ces lieux.

WARWICK.--Et notre frère Montaigu, à quelle distance est-il?--Où est l'homme arrivé de la part de Montaigu?

LE SECOND MESSAGER.--En deçà de Daintry; il amène un nombreux détachement.

(Entre sir John Somerville.)

WARWICK.--Eh bien, Somerville, que dit mon cher gendre? Et à ton avis, où peut être actuellement Clarence?

SOMERVILLE.--Je l'ai laissé à Southam avec sa troupe, et je l'attends ici dans deux heures environ.

(On entend des tambours.)

WARWICK.--C'est donc Clarence qui s'approche? J'entends ses tambours.

SOMERVILLE.--Ce n'est pas lui, milord. Southam est là, et les tambours qu'entend Votre Honneur viennent du côté de Warwick.

WARWICK.--Qui donc serait-ce? Apparemment des amis que nous n'attendions pas.

SOMERVILLE.--Ils sont tout près, et vous allez bientôt les reconnaître.

(Tambours. Entrent au pas de marche le roi Édouard, Glocester et leur armée.)

LE ROI ÉDOUARD.--Trompette, avance vers les murs, et sonne un pourparler.

GLOCESTER.--Voyez comme le sombre Warwick garnit les remparts de soldats!

WARWICK.--O chagrin inattendu! quoi, le frivole Édouard est déjà arrivé! Qui donc a endormi nos espions, ou qui les a séduits, que nous n'ayons eu aucune nouvelle du lieu de son séjour?

LE ROI ÉDOUARD.--Maintenant, Warwick, si tu veux ouvrir les portes de la ville, prendre un langage soumis, fléchir humblement le genou, reconnaître Édouard pour roi, et implorer sa clémence, il te pardonnera tous tes outrages.

WARWICK.--Songe plutôt à retirer ton armée et à t'éloigner de ces murs.-- Reconnais celui qui te donna la couronne, et qui te l'a reprise: appelle Warwick ton patron; repens-toi, et tu resteras encore duc d'York.

GLOCESTER, *à Édouard.*--Je croirais qu'au moins il aurait dit roi; cette plaisanterie lui serait-elle échappée contre sa volonté?

WARWICK.--Un duché n'est-il donc pas un beau présent?

GLOCESTER.--Oui, par ma foi, c'est un beau présent à faire pour un pauvre comte: je me tiens ton obligé pour un si beau don.

WARWICK.--Ce fut moi qui fis don du royaume à ton frère.

LE ROI ÉDOUARD.--Eh bien, il est donc à moi, ne fût-ce que par le don que m'en a fait Warwick.

WARWICK.--Tu n'es pas l'Atlas qui convient à un pareil fardeau; et voyant ta faiblesse, Warwick te reprend ses dons. Henri est mon roi, et Warwick est son sujet.

LE ROI ÉDOUARD.--Mais le roi de Warwick est le prisonnier d'Édouard. Réponds à ceci, brave Warwick: que devient le corps quand la tête est ôtée?

GLOCESTER.--Hélas! comment Warwick a-t-il eu si peu d'habileté que, tandis qu'il s'imaginait prendre un dix seul, le roi ait été subitement escamoté du jeu?--Vous avez laissé le pauvre Henri dans le palais de l'évêque; et dix contre un à parier que vous vous retrouverez avec lui dans la Tour.

LE ROI ÉDOUARD.--C'est la vérité: et cependant vous êtes toujours Warwick.

GLOCESTER.--Allons, Warwick, profite du moment: à genoux, à genoux.- -Qu'attends-tu? frappe le fer pendant qu'il est chaud.

WARWICK.--J'aimerais mieux me couper d'un seul coup cette main, et, de l'autre, te la jeter au visage, que de me croire assez bas pour être obligé de baisser pavillon devant toi.

LE ROI ÉDOUARD.--Fais force de voiles, aie les vents et la marée favorables. Cette main, bientôt entortillée dans tes cheveux noirs comme le charbon, saisira le moment où ta tête sera encore chaude et nouvellement coupée, pour écrire avec ton sang sur la poussière ces mots: *Warwick, inconstant comme le vent, maintenant ne peut plus changer.*

(Entre Oxford avec des tambours et des drapeaux.)

WARWICK.--O couleurs dont la vue me réjouit! Voyez, c'est Oxford qui s'avance!

OXFORD.--Oxford! Oxford! Pour Lancastre!

GLOCESTER.--Les portes sont ouvertes: entrons avec eux.

LE ROI ÉDOUARD.--Non; d'autres ennemis peuvent nous attaquer par derrière. Tenons-nous en bon ordre; car, n'en doutons pas, ils vont faire une sortie, et nous offrir la bataille. Sinon, la ville ne peut tenir longtemps, et nous y aurons bientôt pris tous les traîtres.

WARWICK.--Oh! tu es le bienvenu, Oxford! car nous avons besoin de ton secours.

(Entre Montaigu avec des tambours et des drapeaux.)

MONTAIGU.--Montaigu, Montaigu. Pour Lancastre!

GLOCESTER.--Ton frère et toi vous payerez cette trahison du meilleur sang que vous ayez dans le corps.

LE ROI ÉDOUARD.--Plus l'ennemi sera fort, plus la victoire sera complète; un secret pressentiment me présage le succès et la conquête.

(Entre Somerset avec des tambours et des drapeaux.)

SOMERSET.--Somerset, Somerset. Pour Lancastre!

GLOCESTER.--Deux hommes de ton nom, tous deux ducs de Somerset, ont payé de leur vie leurs comptes avec la maison d'York. Tu seras le troisième, si cette épée ne manque pas dans mes mains.

(Entre George avec des tambours et des drapeaux.)

WARWICK.--Tenez, voilà George de Clarence, qui fait voler la poussière sous ses pas; assez fort à lui seul pour livrer bataille à son frère. Un juste zèle pour le bon droit l'emporte, dans son coeur, sur la nature et l'amour fraternel.--Viens, Clarence, viens: tu seras docile à la voix de Warwick.

CLARENCE.--Beau-père Warwick, comprenez-vous ce que cela veut dire? (*Il arrache la rose rouge de son casque.*) Vois, je rejette à ta face mon infamie. Je n'aiderai pas à la ruine de la maison de mon père, qui en a cimenté les pierres de son sang, pour élever celle de Lancastre.--Comment as-tu pu croire, Warwick, que Clarence fût assez sauvage, assez stupide, assez dénaturé, pour tourner les funestes instruments de la guerre contre son roi légitime? Peut-être m'objecteras-tu mon serment religieux: mais le tenir, ce serment, serait un acte plus impie que ne fut celui de Jephté sacrifiant sa fille. J'ai tant de douleur de ma faute, que, pour bien mériter de mon frère, je me déclare ici solennellement ton ennemi mortel; déterminé, quelque part que je te joigne, comme j'espère bien te joindre si tu sors de tes murs, à te punir de m'avoir si odieusement égaré.--Ainsi, présomptueux Warwick, je te défie, et je tourne vers mon frère mes joues rougissantes.--Pardonne-moi, Édouard; j'expierai mes torts: et toi, Richard, ne jette plus sur mes fautes un regard sévère; désormais, je ne serai plus inconstant.

LE ROI ÉDOUARD.--Sois donc encore mieux le bienvenu, et dix fois plus cher que si tu n'avais jamais mérité notre haine.

GLOCESTER.--Sois le bienvenu, bon Clarence: c'est là se conduire en frère.

WARWICK.--O insigne traître! parjure et rebelle!

LE ROI ÉDOUARD.--Eh bien, Warwick, veux-tu quitter tes murs et combattre? ou nous allons en faire tomber les pierres sur ta tête.

WARWICK.--Hélas! je ne suis pas ici en état de me défendre. Je marche à l'instant vers Barnet, pour te livrer bataille, Édouard, si tu oses l'accepter.

LE ROI ÉDOUARD.--Oui, Warwick: Édouard l'ose, et il te montre le chemin.--Lords, en plaine. Saint George et victoire!

(Marche. Il sortent tous.)

SCÈNE II

Un champ de bataille, près de Barnet.

Alarmes. Excursions. Entre LE ROI ÉDOUARD *traînant* WARWICK *blessé.*

LE ROI ÉDOUARD.--Reste là gisant: meurs, et qu'avec toi meurent nos alarmes. Warwick était l'épouvantail qui nous remplissait tous de crainte: et toi, Montaigu, tiens-toi bien; je te cherche, pour que tes os tiennent compagnie à ceux de Warwick.

(Il sort.)

WARWICK, *reprenant ses sens.*--Ah! qui est près de moi? Ami ou ennemi, approche, et apprends-moi qui est vainqueur d'York ou de Warwick. Mais que demandé-je là? On voit bien à mon corps mutilé, à mon sang, à mes forces éteintes, à mon coeur défaillant, on voit bien qu'il faut que j'abandonne mon corps à la terre, et, par ma chute, la victoire à mon ennemi. Ainsi tombe, sous le tranchant de la cognée, le cèdre qui de ses bras protégeait l'asile de l'aigle, roi des airs; qui voyait le lion dormir étendu sous son ombrage; dont la cime s'élevait au-dessus de l'arbre touffu de Jupiter, et défendait les humbles arbrisseaux des vents puissants de l'hiver.--

Ces yeux, qu'obscurcissent en ce moment les sombres voiles de la mort, étaient perçants comme le soleil du midi, pour pénétrer les secrètes embûches des mortels. Ces plis de mon front, maintenant remplis de sang, ont été souvent appelés les tombeaux des rois: car quel roi respirait alors dont je n'eusse pu creuser la tombe? et qui eût osé sourire quand Warwick fronçait le sourcil? Voilà toute ma gloire souillée de sang et de poussière. Mes parcs, mes allées, ces manoirs qui m'appartenaient, m'abandonnent déjà: de toutes mes terres, il ne me reste que la mesure de mon corps. Eh! que sont la pompe, la puissance, l'empire et le sceptre, que terre et que poussière? Vivons comme nous pourrons, il faut toujours mourir.

(Entrent Oxford et Somerset.)

SOMERSET.--Ah! Warwick, Warwick! si tu étais en aussi bon état que nous, nous pourrions encore réparer toutes nos pertes. La reine vient d'amener de France un puissant secours: nous en recevons à l'instant la nouvelle. Ah! si tu pouvais fuir!

WARWICK.--Alors je ne fuirais pas.--Ah! Montaigu, si tu es là, cher, prends ma main, et de tes lèvres retiens encore mon âme pendant quelques instants.--Tu ne m'aimes pas; car si tu m'aimais, mon frère, tes lèvres laveraient ce sang froid et glacé qui colle mes lèvres, et m'empêche de parler. Hâte-toi, Montaigu! approche, ou je meurs.

SOMERSET.--Ah! Warwick! Montaigu a cessé de respirer; et à son dernier soupir il appelait Warwick, et disait: Parlez de moi à mon valeureux frère. Il aurait voulu en dire davantage, mais ses paroles, semblables au canon résonnant sous la voûte d'un tombeau, devenaient impossibles à distinguer; cependant à la fin j'ai bien entendu, dans son dernier gémissement, ces mots: Oh! adieu, Warwick.

WARWICK.--Que son âme repose en paix!--Fuyez, chers lords, et sauvez-vous. Warwick vous dit adieu pour ne vous revoir que dans le ciel.

(Il meurt.)

OXFORD.--Allons, partons; courons joindre la puissante armée de la reine.

(Ils sortent, emportant le corps de Warwick.)

SCÈNE III

Une autre partie du champ de bataille.

Fanfares. Entre LE ROI ÉDOUARD *triomphant, avec* GLOCESTER, GEORGE, *et les autres lords.*

LE ROI ÉDOUARD.--Ainsi notre fortune prend un cours élevé et ceint nos fronts des lauriers de la victoire. Mais, au milieu de l'éclat de ce jour brillant, j'aperçois un nuage noir, redoutable et menaçant, qui va se placer sur la route de notre glorieux soleil, avant qu'il ait pu atteindre à l'occident sa paisible couche. Je parle, milords, de cette armée que la reine a levée en France, et qui, débarquée sur nos côtes, marche, à ce que j'apprends, pour nous combattre.

GEORGE.--Un léger souffle aura bientôt dissipé ce nuage, et le renverra vers les régions d'où il est parti; tes rayons auront bientôt absorbé ces vapeurs, et toutes les nuées n'apportent pas la tempête.

GLOCESTER.--On évalue à trente mille hommes l'armée de la reine; et Somerset et Oxford ont fui vers elle. Si on lui donne le temps de respirer, soyez sûr que son parti deviendra aussi puissant que le nôtre.

LE ROI ÉDOUARD.--Nous sommes informés par des amis fidèles qu'ils dirigent leur marche vers Tewksbury. Vainqueurs dans les champs de Barnet, il faut les joindre sans délai. L'ardeur de la volonté abrège la route, et, à mesure que nous avancerons, nous verrons nos forces s'accroître de celles de tous les comtés que nous traverserons.--Battez le tambour, criez: *Courage!* et partons.

(Ils sortent.)

SCÈNE IV

Plaine près de Tewksbury.

Marche. Entre LA REINE MARGUERITE, LE PRINCE ÉDOUARD, SOMERSET, OXFORD, *soldats.*

MARGUERITE.--Illustres lords, les hommes sages ne restent point oisifs à gémir sur leurs disgrâces, mais cherchent courageusement à réparer leurs malheurs. Bien que le mât de notre vaisseau ait été emporté, nos câbles rompus, la plus forte de nos ancres perdue, et la moitié de nos mariniers engloutie dans les flots, le pilote vit encore. Convient-il qu'il abandonne le gouvernail, et que, comme un enfant timide, grossissant de ses larmes les flots de la mer, il donne des forces à ce qui n'en a déjà que trop; tandis que, pendant ses gémissements, va se briser sur l'écueil le vaisseau que son courage et son industrie auraient pu sauver encore? Ah! quelle honte! quelle faute serait-ce!... Vous me dites que Warwick était l'ancre de notre vaisseau; qu'importe? Que Montaigu en était le grand mât; eh bien? Que tant de nos amis égorgés en étaient les cordages; ensuite? Ne trouvons-nous pas une seconde ancre dans Oxford, un mât robuste dans Somerset, des voiles et des cordages dans ces guerriers de la France? Et, malgré notre inexpérience, Ned et moi ne pouvons-nous remplir une fois l'emploi de pilote? Ne craignez pas que nous quittions le gouvernail pour aller nous asseoir en pleurant; dussent les vents furieux nous dire *non*, nous continuerons notre route loin des écueils qui nous menacent du naufrage. Autant vaut gourmander les vagues que de leur parler en douceur. Édouard offre-t-il donc autre chose à nos yeux qu'une mer impitoyable, Clarence des sables perfides, et Richard un rocher raboteux et funeste? tous ennemis de notre pauvre barque! Vous croyez pouvoir fuir à la nage? hélas! un moment; prendre pied sur le sable? il s'abaissera sous vos pas; gravir l'écueil? la marée viendra vous en balayer, ou vous y mourrez de faim, ce qui est une triple mort! Ce que je vous dis, milords, est dans l'intention de vous faire comprendre que, si quelqu'un de vous voulait nous abandonner, vous n'avez pas plus de merci à espérer de ces trois frères, que des vagues impitoyables, des sables et des rochers: courage donc. Quand le péril est inévitable, c'est une faiblesse puérile de s'affliger ou de craindre.

LE PRINCE ÉDOUARD.--Il me semble qu'une femme d'une âme aussi intrépide, si un lâche l'eut entendue prononcer ces paroles, verserait le courage dans son coeur, et lui ferait affronter nu un ennemi armé. Ce n'est pas que je doute d'aucun de ceux qui sont ici; car si je croyais que quelqu'un fût atteint de frayeur, il aurait permission de nous quitter à présent, de crainte qu'au moment du danger sa peur ne devint contagieuse pour un autre, et ne le rendit semblable à lui. S'il en est un ici, ce qu'à Dieu ne plaise, qu'il se hâte de partir, avant que nous ayons besoin de son secours.

OXFORD.--Une femme, un enfant si pleins de courage: et de vieux guerriers auraient peur! Ce serait un opprobre éternel. O brave jeune prince, ton illustre aïeul revit en toi! Puisses-tu voir de longs jours, pour nous retracer son image, et renouveler sa gloire?

SOMERSET.--Que le lâche qui refuserait de combattre dans cette espérance aille chercher son lit, et soit comme le hibou un objet de risée et d'étonnement toutes les fois qu'il voudra se montrer le jour!

MARGUERITE.--Je vous remercie, noble Somerset. Cher Oxford, je vous remercie.

LE PRINCE ÉDOUARD.--Et agréez les remercîments de celui qui n'a pas autre chose à donner.

(Entre un messager.)

LE MESSAGER.--Préparez-vous, lords. Édouard est à deux pas, tout prêt à vous livrer bataille: armez-vous de résolution.

OXFORD.--Je m'y attendais. C'est sa politique de forcer ses marches, pour tâcher de nous surprendre.

SOMERSET.--Il se sera trompé: nous sommes prêts à le recevoir.

MARGUERITE.--Votre ardeur remplit mon coeur de confiance et de joie.

OXFORD.--Nous ne reculerons pas. Plantons ici nos étendards.

(Entrent à quelque distance le roi Édouard, Glocester, George et des troupes.)

LE ROI ÉDOUARD, *à ses soldats.*--Braves compagnons, vous voyez là-bas le bois épineux qu'avec l'aide du ciel et vos bras nous espérons avoir déraciné avant que la nuit soit venue. Je n'ai pas besoin de donner de nouveaux aliments à l'ardeur qui vous enflamme, car je vois que vous brûlez de le consumer. Donnez le signal du combat, milords, et chargeons.

MARGUERITE.--Lords, chevaliers, gentilshommes... mes larmes s'opposent à mon discours... Vous le voyez, à chaque mot que je prononce, les pleurs de mes yeux viennent m'abreuver... Je ne vous dirai donc que ceci:--Henri, votre souverain, est prisonnier de l'ennemi; son trône est usurpé, son royaume est devenu une boucherie; ses sujets sont massacrés, ses édits effacés, ses trésors pillés, et là-bas est le loup qui cause tout ce dégât! Vous combattez pour la justice: ainsi, au nom de Dieu, lords, montrez-vous vaillants, et donnez le signal du combat.

(Sortent les deux armées.)

SCÈNE V

Une autre partie des mêmes plaines.

Alarmes, excursions, puis une retraite. Ensuite entrent LE ROI ÉDOUARD, GLOCESTER, CLARENCE, *et des troupes conduisant* LA REINE MARGUERITE, OXFORD ET SOMERSET *prisonniers.*

LE ROI ÉDOUARD.--Enfin nous voilà au terme de ces tumultueux démêlés. Qu'Oxford soit conduit sur-le-champ au château de Hammes. Pour Somerset, qu'on tranche sa tête criminelle. Allez, qu'on les emmène; je ne veux rien entendre.

OXFORD.--Pour moi, je ne t'importunerai pas de mes paroles.

SOMERSET.--Ni moi; je me soumets à mon sort avec résignation.

(Les gardes emmènent Oxford et Somerset.)

MARGUERITE.--Nous nous quittons tristement dans ce monde agité, pour nous rejoindre plus heureux dans les joies de Jérusalem.

LE ROI ÉDOUARD.--A-t-on publié qu'on promet à celui qui trouvera Édouard une riche récompense, et au prince la vie sauve?

GLOCESTER.--Oui, et voilà le jeune Édouard qui arrive.

(Entrent des soldats amenant le prince Édouard.)

LE ROI ÉDOUARD.--Faites approcher ce brave: je veux l'entendre.--Quoi! qui aurait pensé qu'une si jeune épine voulût déjà piquer? Édouard, quelle satisfaction peux-tu m'offrir, pour avoir pris les armes contre moi, pour avoir excité mes sujets à la révolte, et pour toute la peine que tu m'as donnée?

LE PRINCE.--Parle en sujet, superbe et ambitieux York! Suppose que tu entends la voix de mon père: descends du trône, et quand j'y serai assis, tombe à mes pieds, pour répondre toi-même, traître, aux questions que tu viens de me faire.

MARGUERITE.--Ah! que ton père n'a-t-il eu ton courage!...

GLOCESTER.--Afin que tu continuasses de porter la jupe et que tu ne prisses pas le haut-de-chausses dans la maison de Lancastre.

LE PRINCE ÉDOUARD.--Qu'Ésope garde ses contes pour une veillée d'hiver: ses grossiers quolibets ne sont point ici de saison.

GLOCESTER.--Par le ciel, morveux, cette parole t'attirera malheur.

MARGUERITE.--Oh! oui, tu ne naquis que pour le malheur des hommes.

GLOCESTER.--Pour Dieu, qu'on nous délivre de cette captive insolente.

LE PRINCE ÉDOUARD.--Qu'on nous délivre plutôt de cet insolent bossu.

LE ROI ÉDOUARD.--Paix, enfant mutin, ou je saurai enchaîner votre langue.

CLARENCE.--Jeune mal appris, ton audace va trop loin.

LE PRINCE ÉDOUARD.--Je connais mon devoir: vous tous vous manquez au vôtre. Lascif Édouard, et toi, parjure Clarence, et toi, difforme Dick, je vous déclare à tous que je suis votre supérieur, traîtres que vous êtes.--Et toi, tu usurpes les droits de mon père et les miens.

LE ROI ÉDOUARD *lui donne un coup d'épée.*--Prends cela, vivant portrait de cette femme criarde [15].

Note 15: (retour) Édouard le frappa de son gantelet; alors les autres se jetèrent sur lui et le massacrèrent.

GLOCESTER *lui donne un coup d'épée.*--Tu as de la peine à mourir; prends cela pour finir ton agonie.

CLARENCE *lui donne un coup d'épée.*--Et voilà pour m'avoir insulté du nom de parjure.

MARGUERITE.--Oh! tuez-moi aussi.

GLOCESTER, *allant pour la tuer.*--Vraiment je le veux bien.

LE ROI ÉDOUARD.--Arrête, Richard, arrête; nous n'en avons que trop fait.

GLOCESTER.--Pourquoi la laisser vivre? Pour remplir l'univers de ses discours.

LE ROI ÉDOUARD.--Elle s'évanouit; voyez à la faire revenir.

GLOCESTER, *bas à Clarence.*--Clarence, excuse mon absence auprès du roi mon frère: je cours à Londres pour une affaire importante; avant que vous y soyez rentrés, comptez que vous apprendrez d'autres nouvelles.

CLARENCE.--Quoi donc? quoi donc?

GLOCESTER.--La tour! la Tour!

(Il sort.)

MARGUERITE.--O Ned! Ned! parle à ta mère, mon fils.--Tu ne peux parler?--O traîtres! ô assassins! Non, les meurtriers de César n'ont pas versé le sang, ils n'ont pas commis de crime, ils n'ont mérité aucun blâme, si l'on compare leur action à cet affreux forfait. César était un homme, et lui pour ainsi dire un enfant! et jamais les hommes n'ont déchargé leur furie sur un enfant. Quel nom plus odieux que celui de meurtrier pourrais-je trouver à vous donner? Non, non, mon coeur va se briser si je parle.--Eh bien, je parlerai pour qu'il se brise, bouchers infâmes, sanguinaires cannibales! Quelle aimable fleur vous avez moissonnée avant le temps! Vous n'avez point d'enfants, bouchers que vous êtes; si vous en aviez, leur souvenir eût éveillé en vous la pitié. Ah! si jamais vous avez un fils, comptez que vous le verrez ainsi massacrer dans sa jeunesse! Ah! bourreaux, qui avez immolé cet aimable et jeune prince!...

LE ROI ÉDOUARD.--Emmenez-la, allez, emmenez-la de force.

MARGUERITE.--Non, que je ne m'éloigne jamais de cette place; tuez-moi ici: tire ton épée; je te pardonne ma mort. Quoi! tu me refuses?... Clarence, que ce soit donc toi...

CLARENCE.--Par le Ciel, je ne veux pas te rendre un si grand service.

MARGUERITE.--Bon Clarence, tue-moi; cher Clarence, je t'en conjure.

CLARENCE.--Ne viens-tu pas de m'entendre jurer que je n'en ferais rien?

MARGUERITE.--Oui, mais tu es si accoutumé à être parjure! Ton premier parjure était un crime; celui-ci serait une charité. Quoi! tu ne le veux pas? Où est ce boucher d'enfer, le hideux Richard? Richard, où es-tu donc?--Tu n'es pas ici. Le meurtre est ton oeuvre de miséricorde; tu ne refusas jamais celui qui te demanda du sang.

LE ROI ÉDOUARD.--Qu'elle s'en aille! Je vous l'ordonne! Emmenez-la d'ici.

MARGUERITE.--Puisse-t-il, à vous et aux vôtres, vous en arriver autant qu'à ce prince!

(On l'entraîne de force.)

LE ROI ÉDOUARD.--Où donc est allé Richard?

GEORGE.--A Londres en toute hâte; et je conjecture qu'il est allé faire un souper sanglant à la Tour.

LE ROI ÉDOUARD.--Il ne perd pas de temps quand une idée lui vient en tête.--Allons, mettons-nous en marche. Licenciez les hommes de basse condition avec des remercîments et leur paye; et rendons-nous à Londres pour savoir des nouvelles de notre aimable reine: j'espère qu'à l'heure qu'il est, elle m'a donné un fils.

SCÈNE VI

A Londres.--Une chambre dans la Tour.

On voit LE ROI HENRI, *assis avec un livre à la main; le lieutenant est avec lui. Entre* GLOCESTER.

GLOCESTER.--Bonjour, milord. Comment, si profondément absorbé dans votre livre!

LE ROI.--Oui, mon bon lord, ou plutôt milord; car c'est pécher que de flatter; et bon ne vaut guère mieux ici qu'une flatterie: bon Glocester, ou bon démon, seraient synonymes, et tous les deux seraient absurdes, ainsi je dis, milord qui n'êtes pas bon.

GLOCESTER, *au lieutenant.*--Ami, laissez-nous seuls! nous avons à conférer ensemble.

(Le lieutenant sort.)

LE ROI.--Ainsi le berger négligent fuit devant le loup; ainsi l'innocente brebis abandonne d'abord sa toison, et bientôt après sa gorge au couteau du boucher. Quelle scène de mort va jouer Roscius?

GLOCESTER.--Le soupçon poursuit toujours l'âme coupable: le voleur croit dans chaque buisson voir le prévôt.

LE ROI.--L'oiseau qui a trouvé dans le buisson des rameaux chargés de glu ne passe plus que d'une aile tremblante à côté de tous les buissons: et moi, père malheureux d'un doux oiseau, j'ai maintenant devant mes yeux l'objet fatal par qui mon pauvre enfant a été retenu au piège, pris et tué.

GLOCESTER.--Quel orgueilleux insensé que ce père de Crète qui voulut enseigner à son fils le rôle d'un oiseau! Avec ses belles ailes, l'imbécile s'est noyé.

LE ROI.--Je suis Dédale, mon pauvre enfant était Icare, ton père Minos, qui s'est opposé à ce que nous suivissions notre carrière; le soleil qui a dévoré les ailes de mon cher enfant, c'est ton frère Édouard; et tu es la mer dont les gouffres envieux ont englouti sa vie. Ah! tue-moi de ton épée, et non de tes paroles. Mon sein supportera mieux la pointe de ton poignard, que mon oreille cette tragique histoire... Mais pourquoi viens-tu? Est-ce pour avoir ma vie?

GLOCESTER.--Me prends-tu donc pour un bourreau?

LE ROI.--Je te connais pour un persécuteur: mettre à mort des innocents est l'office du bourreau; tu en es un.

GLOCESTER.--J'ai tué ton fils en punition de son insolente audace.

LE ROI.--Si tu avais été tué à ta première insolence, tu n'aurais pas vécu pour assassiner mon fils; et je prédis que l'heure où tu vins au monde sera déplorée par des milliers d'hommes, qui ne soupçonnent pas en ce moment la moindre partie de mes craintes; par les soupirs de plus d'un vieillard, les larmes de plus d'une veuve, et par les yeux de tant de malheureux condamnés à pleurer la mort prématurée, les pères de leurs enfants, les femmes de leurs époux, et les orphelins de leurs parents. A ta naissance le hibou fit entendre son cri lamentable, signe certain de malheur; le corbeau de nuit croassa, présageant ces temps désastreux, les chiens hurlèrent, et une horrible tempête déracina les arbres. La corneille se percha sur le haut de la cheminée, et les pies babillardes vinrent effrayer les coeurs de sons discordants. Ta mère ressentit des douleurs plus cruelles que les douleurs imposées aux mères, et cependant ce qu'elle mit au monde était bien au-dessous des espérances d'une mère, et ne lui offrit qu'une masse informe et hideuse, qui ne devait pas être le fruit d'une tige si belle. Tu naquis la bouche déjà armée de dents, pour annoncer que tu venais déchirer les hommes; et si tout ce qu'on m'a raconté est vrai, tu vins au monde....

GLOCESTER.--Je n'en entendrai pas davantage. Meurs, prophète, au milieu de ton discours. (Il le poignarde.) C'est pour cela entre autres choses que j'ai été créé.

LE ROI.--Oui, et pour commettre bien d'autres assassinats que le mien.--O Dieu, pardonne-moi mes péchés.... et qu'il te pardonne aussi!

(Il meurt.)

GLOCESTER.--Quoi! le sang ambitieux de Lancastre s'enfonce dans la terre? J'aurais cru qu'il devait monter. Voyez comme mon épée pleure la mort de ce pauvre roi? Oh! puissent à jamais être rougis de pareilles larmes, ceux qui désirent la chute de notre maison!--S'il reste encore ici quelque étincelle de vie, qu'elle aille, qu'elle aille aux enfers, et dis aux démons que c'est moi qui t'y ai envoyé (*il lui donne un nouveau coup de poignard*), moi qui ne connais ni la pitié, ni l'amour, ni la crainte.--En effet, ce que me disait Henri est véritable. J'ai souvent ouï dire à ma mère que j'étais venu au monde les pieds devant. Eh bien! qu'en pensez-vous? N'ai-je pas eu raison de me hâter pour travailler à la ruine de ceux qui usurpaient nos droits? La sage-femme fut saisie de surprise, et les femmes s'écrièrent: *O Jésus, bénissez-nous, il est né avec des dents?* Et c'était la vérité, signe évident que je devais grogner, mordre et montrer en tout le caractère du chien. Eh bien, puisqu'il a plu au ciel de construire ainsi mon corps, que l'enfer pour y répondre déforme mon âme!--Je n'ai point de frère; je n'ai aucuns traits de mes frères, et ce mot amour, que les barbes grises appellent divin, réside dans les hommes qui se ressemblent, et non pas en moi: je suis seul de mon espèce.--Clarence, prends garde à toi: tu es entre la lumière et moi, mais je saurai faire naître pour toi un jour de ténèbres; je ferai bourdonner çà et là de telles prédictions, que le roi Édouard tremblera pour ses jours; et, pour dissiper ses craintes, je te ferai trouver la mort. Voilà le roi Henri, et le prince son fils, expédiés: Clarence, ton tour est venu.... et ainsi des autres; je ne verrai en moi rien de bon jusqu'à ce que je sois tout ce qu'il y a de mieux.--Je vais jeter ton cadavre dans une autre chambre: ta mort, Henri, est pour moi un jour de triomphe.

(Il sort.)

SCÈNE VII

Toujours à Londres.--Un appartement dans le palais d'Édouard.

On voit LE ROI ÉDOUARD *assis sur son trône. Près au roi* LA REINE ÉLISABETH, *tenant son enfant;* CLARENCE, GLOCESTER, HASTINGS, *et autres.*

LE ROI ÉDOUARD.--Nous voilà une seconde fois assis sur le trône royal d'Angleterre, racheté au prix du sang de nos ennemis! Que de vaillants adversaires nous avons moissonnés, comme les épis de l'automne, au faîte de leur orgueil! Trois ducs de Somerset, tous trois renommés comme des combattants intrépides et sans soupçon; deux Clifford, le père et le fils, et deux Northumberland: jamais plus braves guerriers n'enfoncèrent au signal de la trompette l'éperon dans les flancs de leurs coursiers, et avec eux ces deux ours valeureux, Warwick et Montaigu, qui tenaient dans leurs chaînes le lion couronné, et faisaient trembler les forêts de leurs rugissements. Ainsi nous avons écarté la méfiance de notre trône, et nous avons fait de la sécurité notre marchepied. (A la reine.) Approche, Bett, que je baise mon enfant. Petit Ned, c'est pour toi que tes oncles et moi, nous avons passé sous l'armure les nuits de l'hiver; que nous avons marché rapidement dans les ardeurs de l'été, afin que tu pusses rentrer paisiblement en possession de la couronne; et c'est toi qui recueilleras le fruit de nos travaux.

GLOCESTER, *à part.*--J'empoisonnerai bien sa moisson, quand ta tête reposera sous terre; car on ne fait pas encore attention à moi dans l'univers. Cette épaule si épaisse a été destinée à porter, et elle portera quelque honorable fardeau, ou je m'y romprai les reins.--Ceci (*touchant son front*) doit préparer les voies;--(*montrant sa main*) ceci doit exécuter.

LE ROI ÉDOUARD.--Clarence, et toi, Glocester, aimez mon aimable reine, et donnez un baiser au petit prince votre neveu, mes frères.

CLARENCE.--Que ce baiser que j'imprime sur les lèvres de cet enfant, soit le gage de l'obéissance que je dois et veux rendre à Votre Majesté!

LE ROI ÉDOUARD.--Je te remercie, noble Clarence; digne frère, je te remercie.

GLOCESTER.--En témoignage de l'amour que je porte à la tige d'où tu es sorti, je donne ce tendre baiser à son jeune fruit. (*A part.*) Pour dire la vérité, ce fut ainsi que Judas baisa son maître. Il lui criait: bonheur! tandis que dans son âme il ne songeait qu'à faire le mal.

LE ROI ÉDOUARD.--Maintenant je suis établi dans le bonheur que désirait mon âme; je possède la paix de mon royaume, et la tendresse de mes frères.

CLARENCE.--Qu'ordonne Votre Majesté sur le sort de Marguerite? René, son père, a engagé dans les mains du roi de France les Deux-Siciles et Jérusalem, et ils en ont envoyé le prix pour sa rançon.

LE ROI ÉDOUARD.--Qu'elle parte: faites-la conduire en France.--Que nous reste-t-il maintenant qu'à passer notre temps en fêtes magnifiques, à voir représenter de joyeuses comédies, et à réunir tous les plaisirs que doit offrir la cour?--Qu'on fasse résonner les tambours et les trompettes!--Adieu, cruels soucis! car ce jour, je l'espère, commence le cours d'une prospérité durable.

(Ils sortent.)

FIN DU CINQUIÈME ET DERNIER ACTE.

Milton Keynes UK
Ingram Content Group UK Ltd.
UKHW011103080324
439029UK00005B/423